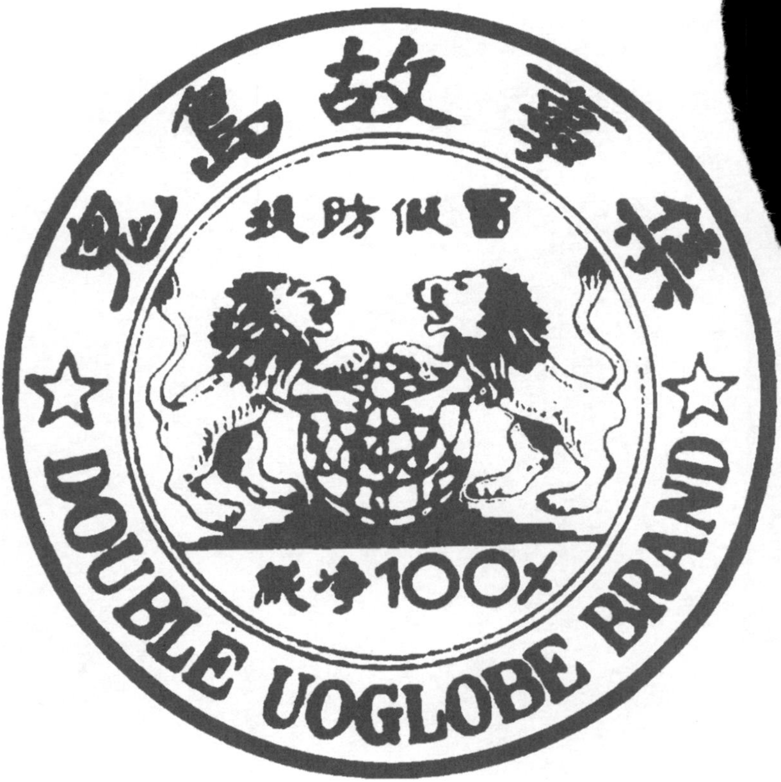
寶島故事集
提防假冒
純淨100%
DOUBLE UOGLOBE BRAND

字怨者

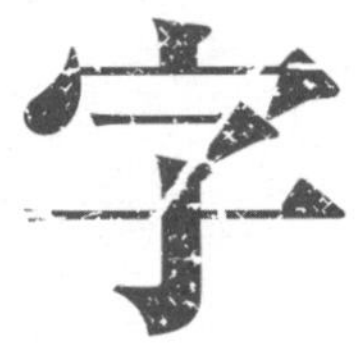

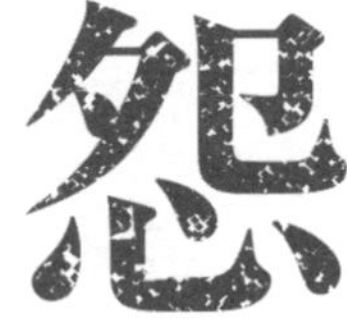

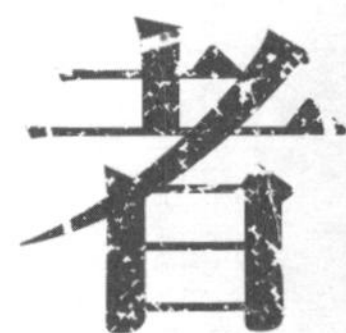

飲馬人——著

目錄。

推薦序

烈日之下都有陰影，何況是人心……

批踢踢（Ptt）媽佛版（Marvel）前版主 FairyBomb（空想炸彈）

「樸實無華，但又妙趣橫生」，是我讀完《鬼島故事集．字怨者》的第一個想法！

在我的記憶中，幾乎回想不出有如飲馬人如此特質之創作者。所說故事既貼近你我生活，熟悉之中卻又帶點陌生。熟悉的是，這個我們所身處的人世時空；陌生的是，這可能是我們這輩子都無法經歷過的靈幻體驗。

就像這個時代，既美好、又恐怖。美好的是，世界已然變成一個地球村，我們只需藉由網路就可達到靈魂出竅之境界，掌握古今中外的大事，並藉由自己的言行去影響其他網路世界之住民。恐怖的是，在這資訊爆炸的世界，事情的真相已不再是人們關注的焦點，當指鹿為馬不再是笑話，而是每天習以為常的事件時，難道這還不夠恐怖嗎？

就像所謂的『通靈人』，對於無法解釋的事，每個人心中都有不同的答案，而對於未知事物的追求，往往也在無形之中控制了我們，變成一種「癮」、甚至如吸毒般無法自拔，最後玩火自焚的例子更是不在少數！

我始終相信每個人的初心都是好的，只是在哪裡忽然轉了心念，才會走錯了路。烈日之下都有陰影，何況是人心？人心的面相有千百萬種，又豈是三言兩語能下定論、分對錯的，如果過度執著，造就人心執念，就像走入五里霧中，就再也走不出去了，實在可惜。

在這麼多年經驗中，人心的脆弱已無需驗證，而如何懷抱信念，讓內心強大則是一門無止盡的功課。

思考，永遠是最重要的一件事，不要隨波逐流、不再盲目跟從、不需焦躁不安，在嘗試說服自己之前，需要傾聽的只有自己內心的聲音。信念絕非一蹴可幾，而是逐步累積所造就的結晶。

心懷信念、隨遇而安，並保持一顆謙遜的心，是我能給出最好的建議。也希望閱讀這本書的大家，都能離苦得樂、知足惜福、感受生命中的美好。

推薦序

是鬼恐怖，還是人比較恐怖？

一線三

對我來說，飲馬人就像是marvel板大前輩一般的存在，所以這次受到邀約協助寫新書的推薦序，真是讓我受寵若驚，也讓自覺望其項背的我感到汗顏。

對於傳統的鬼怪小說，除了中國的《聊齋誌異》，我印象最深刻的就是，好幾年前星子老師所寫的「太歲」系列，其融合中國傳統宗教與台灣普遍可見的信仰為一體的冒險小說，讓當時還是國高中小屁孩的我，為了這部作品廢寢忘食、考差了好幾次的模考，直到老師及家長禁止我再繼續追這部小說為止。

當時的我心想，平常只有在拜拜時才能看見的神明，居然被星子老師具現化、成了主角身邊的夥伴之一，展開一場刺激冒險的旅程，這實在太酷了。

而飲馬人的作品也給我似曾相識的感覺，從一開始必須耐著性子了解故事的角色設定及背後複雜的脈絡，投入劇情以後，更讓人屏住氣息閱讀、期待劇情發展，而闔上書本的那刻，不禁讚嘆作者對結局處理之熟嫻。這就是飲馬人一貫的伎倆、也是他獨特的風格與強項。

如果你對宗教、鬼怪、作法、甚至是降妖伏魔有一定的興趣，你一定會喜歡飲馬人的創作。簡單來說，飲馬人的作品就是融合了上述所有素材，加上對現實生活各領域的考究、結合時事、挑戰人們的道德底線，以上通通丟進大砂鍋裡面炒出一盤大鍋炒，讓人嚐得津津有味。

即便對於寫有關警務人員故事的我而言，看飲馬人的小說，提到關於警察的部分也非常真實貼切，無論是從人物個性的刻畫、外型的描述、警察執勤時所面臨的困境乃至來自上級的壓力等。如果說我的作品《一線三的日常》描寫的故事讓人覺得「這個世界上最恐怖的東西不是鬼，而是人」，在讀完飲馬人的作品後，你的感覺會是「原來，鬼比人還要多愁善感、還要講道義、講感情」。

沒錯，對警務人員來說，依法行政、講求證據、科學辦案才是標準作業流程；但相對的，許多警察，尤其越是經驗老道的學長們往往更加相信一些看似無稽之談的小事，無論是對小便帽上警徽的依賴、對關公那正氣凜然形象的信仰。但換句話說，當工作環境給予的壓力徒增，或是隨時都身處危險的狀況下，宗教的信仰與寄託可以有效提升對自己的自信或是執勤的專業力。

對於幾乎每天工作都會碰觸的毒品，有些人會把吸毒的人當作犯人，以處理罪犯的態度與方法對付這些毒販，而在其他思想不同的國家則是把這些有毒癮的人當作病人，進而以治療病患的方式及步驟處理這些社會問題。有效與否也只能靠著歷史的洪流來證明。

飲馬人訴說的不僅是對於我們的道德觀與信仰相衝突的熱血故事，同時也點出我們生活的環境，也許比起「鬼」來說，要和那些「人」相處反而更耗神也說不定。

總歸一句，飲馬人的新書，《鬼島故事集．字怨者》，以「毒品」所染上的癮貫串全文、人與鬼的愛恨情仇、一點突破天際的想像、攪和著幾分關於你的我的祂的故事，我們都是自願者，也都是字怨者，帶著些許的惆悵、幾分的會心一笑，剩下更多的則是來自內心深處不斷吶喊的聲音……

是鬼恐怖，還是人比較恐怖？

《鬼島故事集．字怨者》，推薦給大家。

等會不管看到什麼都不要相信，
要相信你自己！記住了嗎？
我再講一遍，你所看到的未必是真的，
要相信你自己！

PTT

「PO了嗎？」戴耳機男盯著螢幕問道。

「嗯，PO了！」一個坐在下鋪的簡短回答。

場景是某大學的學校男舍，四人一間。其中一個坐在電腦前戴耳機玩LOL；一個則坐在在床上聚精會神地盯著平板。

「不玩了！」耳機男從遊戲中閃退，切換畫面到某網路論壇的鬼故事板。

時間是晚上十二點多，整棟宿舍比夜市還喧嘩，唯獨這一間異常昏暗與安靜，兩個人正全神貫注盯著電腦和平板，連門突然被打開了也不知道。

走進來的是常泡在實驗室的學長阿泰，他其實是幽靈人口，原來住這間的學弟跟閃光同居去了，所以私下把床位讓給他。

「幹嘛不開大燈？我還以為你們都睡了。」阿泰一走進來，開了天花板的日光燈說道。

坐床上留著一頭西瓜皮，綽號阿本的學弟，眼睛雖離開了螢幕，但卻像還沒回神，怔怔望著窗外發呆，直到學長走到他身旁，推了他一下。

「我們在看鬼故事，關燈看才有fu！」阿本似乎已經看完了。

「什麼鬼故事？」

「PTT的marvel（媽佛）板啊！最近有一個人會在十二點準時貼文，他寫的鬼故事很好看耶！」阿本熱於推人入坑，耳機男就是他推的，從此每晚必追，連遊戲都可以先放一邊。

「媽佛版喔？」學長坐在自己的座位前，打開電腦說道：「我之前也常潛水，可是後來覺得唬爛文太多了，就很少去了！」

「沒差吧！全當成小說看就好啦！」阿本說道。

「那他是創作還是經驗？」學長又回過頭來問道。

「是創作！」

「創作喔？那就不恐怖了！明知道是假的，還會有什麼飄點？我只看經驗跟翻譯！」

阿本聽了也不打算反駁什麼，反正青菜蘿蔔各有所愛，繼續躺在床上看別篇文章。他是 marvel 板的忠實鄉民，自認有靈異體質，愛疑神疑鬼是室友對他的第一印象。那時剛搬來宿舍，他竟然先拿出靈擺，說要跟這裡的前室友拜碼頭。這個舉動嚇到了同寢的大一新生，立馬搬去外面住，因此這寢室只剩下三個人。

阿本常自認有一些其他人感應不到的特殊遭遇，例如被鬼壓床或是一個人在寢室時，感覺有人在天花板窺視他，也常會語帶保留地提醒兩位室友，靈擺告訴他，隔壁的寢室不要去很兇，還有這學校的後山那裡很陰。對耳機男來說根本沒差，反正他的世界只有電腦遊戲這麼大。至於學長阿泰聽後，往往發出嗤之以鼻的冷笑。

跟阿本完全相反地，阿泰學長是一個眼見為憑，凡事相信數據和實驗的理工人。他並不鐵齒，但也不會盲從，看marvel板的態度，常冷靜地像一個外科醫生，以經驗法則去解剖每一個難以驗證的靈異現象。尤其是像他這樣的資深鄉民，在經歷過marvel板上多次被踢爆的神棍事件後，更加深他對「經驗法則」的深信不疑。

一個端午連假，阿本和耳機男都提早返鄉回家了，阿泰因為還有事所以晚一天回去。那天晚上，整棟宿舍像是一座空城，靜悄悄地屹立在黑暗的校園中。

習慣晚睡的阿泰，一直都有在睡前上PTT的習慣。當他在【我的最愛】瞥眼看見「marvel」時，也想到阿本說的那個很會寫鬼故事的人，在好奇心驅使下，進到了充滿奇人異事的「媽佛板」。

他很快找到那個帳號，因為每晚固定時間發文，所以不難發現，而那帳號叫做 db（**失翼蝴蝶**）。

「失翼蝴蝶？是女生嗎？」隨即點了今晚發的一篇〔創作〕文〈窗戶〉，只見開頭寫道：「這個故事也是我聽來的，因為不算是我個人經驗，所以我用『創作』，但為了方便閱讀，所以用第一人稱。」

「哼！又用『我聽來』這種難以質疑的老梗！」阿泰心頭笑道。

「我在學校附近租屋，因為是鬧區，所以有很多租給學生的加蓋違建。我的這一間書桌前是窗戶，但也剛好跟對面房間的窗戶相望，中間只隔一條防火巷。那是很普通的鋁門窗，玻璃也是透的，實在很沒安全感，因此大部分時間我的百葉窗都是放下來的，雖然不透光但也沒辦法。

但其實我常拉開百葉窗的縫隙，偷看對面的房間……

我知道對面住的是我系上的學長，人很瘦，永遠留著小平頭。聽說他耳朵重聽，而且是一個怪人，有點自閉自閉，從不跟其他人說話，還曾經在系辦大吼大叫，反正就是有情緒障礙的怪咖。

後來有一個端午連假，我要回家了。出門前我想反正這幾天人不在，乾脆把百葉窗收起來，讓房子有點光線。結果一拉，沒想到那個人就站在他的窗前看著我，把我給嚇得半死！

我不知他什麼時候站在那，為什麼要一直盯著這扇窗？看到我在注意他，表情變得很詭異，而且更恐怖的是拿起一卷牛皮膠帶，像要威脅我扯開膠帶冷笑。雖然隔著防火巷，但我還是覺得渾身毛骨悚然。趕緊放下百葉窗，不想再看到他。

過了好幾天，我回來的時候已經是深夜了，我走到窗邊，偷偷拉開百葉窗的縫隙，偷看對面的房間。出乎意外的是一片黑暗。那學長很怪，晚上從不關燈的，半夜也是一片死白，「難道他回家了，人還沒回來？」

隔天早上，我又好奇去偷看，這才發現對面的窗戶整個是黑的，像是貼了一大張黑紙。「難道他發現我在偷看他，所以擋起來？誰知道這怪人要幹嘛？」我心想這樣也好，我就不用放百葉窗，可以有一點光線了。

幾天之後都是如此，而且系上沒人再看見這個學長。又過了幾天，我回去時看見巷口有警車和救護車，幾個人不知道抬什麼一包黑色的東西出來。

後來，我聽說住我對面的學長在端午連假時燒炭自殺了，因為隔了好幾天都沒人發現，又悶又熱的，那屍體早腐爛生蛆了。聽說警方一破門時，看到被牛皮膠帶密封縫隙的窗戶上，全爬滿了黑色的蒼蠅，密密麻麻的，整個窗戶都是蒼蠅，完全看不到外面……

從此以後，我的房間不時有蒼蠅飛來，而且像是會黏人一樣，陰魂不散。更讓人受不了的是，對面房東在發生事情後，覺得房子要有光線，所以那扇窗一直是透的，晚上燈也不關，日光燈照著沒人的房間一片死白。有一晚半夜我被蒼蠅吵醒，無意間從百葉窗的縫隙，看到對面慘白的窗前，竟站著一個人影……」

阿泰看完後，倒抽一口冷氣，雖然有小小的驚悚感，但一想到反正是創作，更是不知從哪裡聽來的，是真是假也不知道。於是那一種驚悚感很快便化為無形，一分心也就淡忘了，並打算上床睡覺。

就在睡到一半時，隔壁寢室傳來陣陣搥牆和桌椅拖動的聲音，而且不時有很兇的咒罵聲，讓他從夢境中驚醒。他直覺罵了回去：「幹！現在幾點啊？你不睡別人還要睡！」然後一拳搥牆回去，頓時隔壁就再也沒聲音了。

這一拳人也突然清醒了，他想到隔壁整寢都是藍球隊，前幾天都去重訓了，早就沒人。「難道有人半夜回寢室，只為了搥牆壁？」就在這麼想的時候，寢室的木門傳來「叩叩」兩響的敲門聲，瞬間的驚悚立刻在黑暗的寢室傳了開，彷彿是隔壁的找上門來……

他沒想要去開！一來他睡上鋪懶得爬下去；二來大半夜這空蕩的宿舍還有誰會來？他想到可以從上面的氣窗看門外是誰，於是他把臉貼在床上的百葉氣窗看向門口，奇怪的是走廊上一個人影也沒有。就在他百思不得其解的時候，忽然看到一隻蒼蠅從白亮亮的螢幕飛了出來……

* * *

從那以後，學長阿泰也成了「失翼蝴蝶」的忠實讀者，每到十二點就會想上ＰＴＴ的 marvel，但看完故事後又有一種悵然若失的空洞感，久久才能回過神來。日復一日也成了一種不自主的習慣，常時間一到就一副心不在焉想上ＰＴＴ的衝動。在實驗室是如此，跟老闆 meeting 也是如此，因此常被念上幾句。

面對這種習慣上的制約與心理影響，他歸咎於研究所的論文壓力太大，因此需要一個精神上的出口，而這出口又能讓他得到心靈上的補償，讓他腦內的**多巴胺**分泌，也就是說看小說等同於是吃止痛劑的療效。

即使經過了這麼冷靜的分析，但晚上十二點一到，他還是忍不住上ＰＴＴ的 marvel 版，等待「失翼蝴蝶」的故事。

今晚發的〔創作〕文〈竹竿〉，開頭一樣寫道：「這個故事也是我聽來的，因為不算是我個人經驗，所以我用『創作』，但為了方便閱讀，所以採用第一人稱。」

「我在學期中的時候，因為跟同寢的室友鬧翻了，所以不得不搬出來找房子。離學校近屋況又好的早有人住了，只剩一些要嘛太遠太舊，不然就是出過問題、鬧鬼的房子……

很不幸，我就踩到地雷，住到一間又老又舊的怪房子。當然我一開始也不知道，只覺得這房子雖然很舊，但離學校近租金又便宜，而且樓下就是「四海豆漿」，吃早餐跟宵夜都很方便。

那天下午我跟房東太太約在豆漿店門口，時間一到她騎著摩托車來，是一個五六十歲的鄉下大嬸，穿著打扮稍嫌老土。看到我時，從頭到腳打量了我好一番，再三確認我是學生後，才對我咧嘴一笑，露出滿口金牙。

這房子的格局非常老舊，一樓做店面，二三四樓都從旁邊的樓梯進出。她掏出一大串鑰匙，打開鐵門後是一條又窄又陡，直達樓上的磨石子樓梯，沒有外窗與日光，只有牆壁上一盞昏黃的小夜燈。

她帶我走上去，上二樓一轉身竟然放了一張神桌，讓我有一點嚇到。尤其是一對紅燈照著白菩薩，那菩薩不知怎麼搞的，好端端的白瓷，卻只有五官畫上顏色，一臉要笑不笑的神情，紅光一照更讓人毛骨悚然……

這種傳統的長條形老房子，只有靠街道和防火巷那邊採光通風會好些，屋內又隔了好幾間房一直到後陽台，看來也是加蓋出來的。她拿出一支鑰匙要我自己上三樓看，她說她偶爾才來這，要先跟菩薩上香拜拜。說完，便點了香，恭敬地對神像念念有辭。

我拿了鑰匙走上三樓，樓上的格局跟樓下一樣。走過昏暗的長廊，來到木門上用奇異筆寫了「303」的房間門口，心裡雖嫌簡陋，但也沒想太多便進屋去了。

現在回想起來會覺得很多事都有跡可循，但當時不知道是鬼遮眼還是失心瘋，遇到不太對勁的事，總有一套說辭可以自圓其說：例如一打開門，會覺得冷颼颼一陣寒意，我會想現在是冬天，而且這房子又沒有日照，當然會冷！房內空氣有股陰溼的霉味，我想老房子舊了，這幾天又都下雨，當然容易有味道。

可是我始終想不透的，是這房間左右兩道隔間牆，靠天花板的地方竟然各打穿一個洞，一根曬衣服的長竹竿就橫貫在上頭，而且似乎每一間都這樣，因為從洞口我可以看到其他兩間多出來的竹竿頭。

「你可以用來曬衣服。」忽然一個聲音說道。

我嚇了一跳，回頭一看原來是房東大嬸，不知何時出現在我背後說道。

「本來是要裝冷氣管穿過房間開的洞，但還沒裝，阿不知道是誰那麼天才架起了竹竿，說可以在上面晾衣服，用電風吹一下很快就乾了。你如果不要，那就幫我拿去丟掉！」

我一看這麼高而且這竿子要拿去哪裡丟啊！反正放著也不礙事，就打消了嫌惡的念頭。

當時我一方面是貪圖這房子離學校近；房子雖然舊但租金便宜，所以便當場跟大嬸簽約，付了租金當晚就搬進來。現在想想，人時運低的時候，最恐怖的不是撞鬼，是會做錯決定！

我搬進來後一直處在生病狀態，而且常睡不好，當時我又有一套自我催眠。因為我本來就有過敏體質，冬天一到當然容易感冒；睡不好則是因為換了環境的關係。但只有一件事我無法自圓其說，房間尤其是我的床上，常會出現長頭髮，沒有女生來過我這，那也絕對不是我的！

我因為生病，所以更常待在房間裡，哪都不想去，也不想出門找同學玩，感覺自己很孤單很疲憊，覺得人活在這個世界上，就是一件最麻煩的事，我們每天睜開眼到底是為了什麼而活著，這樣虛偽的活著又有什麼意義呢？不如死了算了，反正這個世界少了我也不會有什麼改變……

每次有這種念頭，我就會看向那根竹竿，心中想著吊上去就可以一了百了。不知是不是日有所思，夜有所夢，有一晚我做了一場惡夢……

我夢到一個女孩子在我床頭上吊了！她死前的痛苦掙扎，讓她懸空的腳不斷亂踩亂踢，而且表情非常猙獰。旁觀的我嚇了一跳，瞬間從夢中驚醒，一張開眼，卻看到她就吊在我眼前，在天花板上吐出長舌瞪著我。我這輩子沒這麼驚嚇過，趕緊從床上坐起身，再睜開眼一看原來我剛剛是在做夢！

驚魂未定的我，看著電子鐘顯示現在是零點整，天花板上除了我的衣服什麼也沒有，我卻全身嚇出冷汗，剛剛的夢境歷歷在目，甚至一閉上眼彷彿那女孩還吊在天花板上，讓我幾乎不敢再闔眼入睡……

我趕緊將檯燈點亮，整個人坐在床頭瑟縮在棉被中，只期盼趕快天亮。但時間卻像靜止一樣，而在這靜止的房間裡，有一點點動作都會很明顯。坐在床頭的我就真的看到了，我一件掛在竹竿上的衣服，它微微在動……

我房間沒有外窗，現在也沒有風，但那件衣服卻不斷在擺動，像有個人在上面一樣，而且還漸漸轉過來……

我真的嚇到了！不斷念著佛號和神明，並把頭轉過牆去，真怕看到什麼這輩子忘不掉的事。就在這時，忽然鏗鏘一聲，衣架竟然掉了，衣服也散落在地……

一種不好的預感蔓延開來，我的床上竟然一處一處凹陷了，像是有人踩了上來，越來越靠近我，然後走到竹竿下，忽然一絲長髮從空中緩緩飄落，我順著髮絲抬頭看去，而她也正看著我……

隔壁的房客

阿本住宿舍一段時間後，一直感覺有一種無形的壓迫感，半夜鬼壓床的次數也變多了，不知是心理作用還是真招惹到什麼，從端午節收假回來，他隱隱覺得這間寢室有問題。

例如他睡下鋪，上鋪是阿泰學長。有一次他睡到一半，突然聽到蒼蠅在飛的聲音，他睜開眼見窗外一片灰濛，似乎天快亮了，這時睡眼惺忪的他，突然瞄到有顆人頭正倒吊著在看他！他嚇一跳，心想學長很無聊耶，不睡覺這樣嚇他幹嘛，下床要叫學長別鬧時，才發現上鋪一個人也沒有……

類似這樣的怪事越來越多，阿本原本就容易疑神疑鬼，這下更是第六感直覺這裡被惡靈入侵。雖然他也樂於將這類靈異事件po在PTT的「媽佛板」上，而且又是親身經驗，更是獲得不少迴響，他受到激勵，於是在一個室友都不在的晚上，他拿出了戴在身上多年的水晶靈擺，準備誠心正意地請教一些問題……

他養這顆靈擺已有一段時間了，深知靈擺順時鐘轉代表是；逆時鐘轉代表否；搖擺不定代表這問題不能問。他先把燈都關掉，只留下一盞桌燈，然後將棉繩掛在無名指上，垂吊靈擺在桌上方，待晃動的靈擺趨於平靜後。他問道：「請問這房間目前有其他靈體嗎？」

原本不動的靈擺突然順時鐘旋轉，代表是。他並不意外，在入住寢室的第一晚，他就問過這類問題，知道這裡本來就有其他靈體在，也算是先跟祂們打聲招呼。原來的靈體還算和善，不曾發生什麼過激的事，因此直覺想到一定是最近有其他靈體侵入這個房間了。

他又繼續問道：「請問最近發生的靈異事件，是在警告我嗎？」

靈擺順時鐘旋轉了，代表是。他眉頭一皺，只怕事情沒這麼單純。

接著又問道：「是希望我搬出去嗎？」

靈擺同樣又順時鐘旋轉了。他心頭一驚：「不會吧！連和平共處都不行嗎？」

他是希望留下來的，他對這類陰陽神鬼的事本來就很著迷，而且現在又有機會親身體驗靈異事件，還能在「媽佛板」上分享，他有點沈迷於高人氣的推文數，更促使他想發更多親身體會的「經驗文」。因此，他還不想搬走！

「請問如果我不搬走，是否會發生不好的事情？」他又問道。

突然原本靜止的靈擺逆時鐘旋轉了，代表否。這下他就搞不懂了，「『祂們』警告我希望我搬出去，可是不搬又似乎不會發生什麼壞事。那我又何必搬？」他心頭不解道。

「那再請問，我可不可以不搬？我不去打擾你們，你們也別來傷害我？」他顫慄慄地看著手上的靈擺，只見它從靜止中開始來回擺動，最後竟然越來越劇烈，突然咚一聲，靈擺整個掉落在桌上，這條棉繩竟然斷了……

他從未遇過這樣的怪事，心中的驚慌可想而知，整個人嚇到背脊發涼，只怕這問題觸怒了靈體，會招惹來難以想像的後果，趕緊向四方賠罪，後面的問題也就此打住，並在心頭暗暗盤算：「看來此地不可久留，要去外面找房子住了。還有今晚這件事，我一定要 po 在 marvel 板上，太媽佛了！」

再過幾天，阿泰學長也被寢務人員發現是幽靈人口，違規住在學校宿舍中，因此被通知要限期搬離宿舍。因為目前還在學期中，阿泰和阿本商量，兩個人一起找比較好找，反正先暫時找個棲身之地，只要租金便宜離學校近就好，對於屋況也就不去計較太多。

於是有一天阿本騎車在學校附近亂晃，瞥眼看到一扇老舊的鐵卷門外，貼著「**本棟學生套房出租**」的紅紙條，那紅紙歷經時間風霜已略顯褪色，下面幾撮留電的小紙條也所剩無幾，阿本抱持著姑且一試的心情打了電話過去。

接電話的是一個中年男子的聲音，問清了租金在可接受的範圍後，便約了明天下午看屋，心想也順便找學長一起看。

第二天下午，兩人和房東約在這扇鐵卷門前，鐵捲門後應該是店面，只是看來很久沒營業了。門口貼了許多小廣告，也堆滿了雜物。

時間到的時候，一個中年大叔騎著摩托車來，戴著茶色墨鏡，脖上掛了金項鍊，提著手提包，穿了一雙藍白拖，一副道上兄弟的模樣。他再三確認兩人是學生後，才從手提包中掏出一大串鑰匙，打開鐵捲門旁的鐵門走上去。

站在門口的兩人，首先映入眼簾的是一條又窄又陡，直達樓上的磨石子樓梯，沒有外窗與日光，只有牆壁上一盞昏黃的小夜燈。這場景雖不能說是似曾相識，但兩人都是「失翼蝴蝶」的忠實讀者，也都看過那篇租屋處有詭異竹竿的創作文，而眼前這條通往幽暗的狹長樓梯，簡直就像是故事中開頭的場景。

阿本與阿泰面面相覷，不用說兩個人都想到同一件事但又心照不宣。阿本以開玩笑口氣說道：「學長沒那麼巧吧！我們找到那間……房子？」阿泰倒是很快恢復理性說道：「別胡思亂想，老房子格局都這樣，這一區本來就很多老房子，而且媽佛板上的唬爛文你也信喔！」

阿泰嘴上雖這麼說，但其實心底也受到影響，因此打定主意如果等會真看到神桌，還有那尊要笑不笑的白瓷菩薩，他一定二話不說當場走人。天底下沒有接二連三發生的巧事，除了撞鬼！

那大叔看後面兩個人站在門口竊竊私語，似乎猶豫不決不敢上來，他倒一臉無所謂說道：「你們不想租也沒關係啦！這房子很舊了！你們可以再多去比較。」兩人想說既然都來了，就算真不租也先看完房子再說吧！

於是他們上了樓梯，抱著忐忑不安的心情，轉身來到二樓，一看空空如也，只有一道白牆，沒看到神桌，更沒看到那只有五官被上色的白瓷菩薩。頓時放下心中一顆大石頭，也對剛剛的疑神疑鬼感到好笑。

但除了這以外，老房子該有的通病這裡全都有，傳統長條形店屋格局，只有靠街道與防火巷的房間有通風採光，即使現在是夏天的午後，室內一樣是昏沈幽暗。而且屋內又隔了好幾間房，連後陽台都是外推加蓋，要是真發生什麼火災意外，逃生絕對是個大問題。還有空氣中總滲著陰涼霉味，走廊牆上好幾處斑駁長了絨毛的壁癌……

房東也知道這房子的屋況真的很不好，應該是被人嫌到已練就一套說辭了，只聽他打哈哈說道：「房子總是會有壁癌嘛，反正走廊你們也用不到！但裡面的房間我們都重新裝潢翻修過，保證沒有這些問題。而且你們也可以去問問，我的租金在這附近是最低的，算是實惠便宜給學生了！」說完，就帶他們去到樓上，兩間要出租的空房。

他們走上三樓，格局跟樓下一模一樣，有四間房，門旁都有一扇對走廊的室內窗。阿本與阿泰特別留意房門，發現不是故事裡寫的木門而是鋼板門，上面的編號也不是用奇異筆寫的，而是貼了壓克力金屬字，感覺像旅社一樣。

這四間房分別是301、302、303、305，房東看來有避開「04」的迷信，要出租的兩間分別是302和305，至於其他兩間聽說都已有人住了。

阿泰和阿本先打開了靠樓梯口的302房，開門時一股陰溼的霉味撲鼻。房間是套房該有的簡單傢俱都有，而且看得出來有小裝潢過，然後他們不經意地抬頭看了一下天花板，驚訝地發現左右兩道隔間牆，竟然都各開有一個洞。

他們直覺就是想到「失翼蝴蝶」所寫的那房間，只是少了一根竹竿……

房東大叔也知道有人一定會好奇這個洞，於是不慌不忙說道：「那個洞噢，因為我們要裝一對多的分離式冷氣，所以上次裝潢時預先開了冷氣管線的洞，大概等今年底就會裝吧！冬天買冷氣便宜！」

這話聽來稀鬆平常不過，但他們對那故事的陰影還在，雖說媽佛板上的文章真真假假，但看到那個洞就夠他們腦洞大開了……

之後他們又去看了305房，在經過303時兩人有默契地轉頭看了一眼窗戶，從那黑暗的霧玻璃中看去，什麼也沒有……

305房是後陽台外推出去的房間，雖然格局小了點，但好處是有對外窗，隔了一個防火巷，和對面棟的房間遙遙相望。阿本走到窗戶前看看，只見對面房間將百葉窗放下，也看不出個所以然來，只有一隻蒼蠅不斷在紗窗逡巡……然後這房間和隔壁303的隔間牆上一樣有個洞，既然房東都已經解釋了，他們也就見怪不怪。

像是走過場般地看完兩個房間後，除了自己的疑神疑鬼外，大概就是這老房子屋況不好的問題，於是他們先跟房東說再考慮看看，準備轉身要走。

在門口抽煙的大叔也不疾不徐應道：「沒關係啦！你們再多去比較，絕對找不到比我這便宜又近又好的了。」看來他似乎對自己的房子很有信心。

「好，我們會再考慮的！」兩人也隨口敷衍道。

此時，暮色之中房東大叔一副事不關己從容說道：「隨便你們啦！反正這房子也不是誰來都可以的，它遲早會找到該來的人住進來……」

接下來幾天，阿本持續在找房子，但都不是很順利，不是租金太高就是位置太遠；遇到有滿意的偏偏房東怪怪的；不然就是屋況更糟，一進門就碰到電燈閃不停；有些看完回來特別累，一躺下來就做惡夢，夢到剛剛那房子有鬼瞪著他。總之，像是冥冥中自有註定，繞來繞去最後還是只剩牆壁有洞的那一間。

「難道真如那房東說的，找不到比他更便宜又近又好的房子了？」一天晚上阿本坐在桌前，那陣子他都睡不好，這寢室靈擾的問題越來越嚴重，而且像是針對他而來，同寢的耳機男倒沒這困擾，大概只顧著打電玩，連鬼都沒在怕！

他又拿出了靈擺問道：「請問我應該搬到那房子去住嗎？」

靈擺順時鐘旋轉了，代表是。

常年下來，阿本一直對靈擺深信不疑，像是守護神在指導著他，因此當靈擺要他搬，他心頭也就沒什麼好猶豫了。另外他也希望學長能一起搬過去，畢竟人到了陌生環境，若是身旁有個熟人也比較有照應，於是又問道：「請問學長也應該搬到那房子去嗎？」

靈擺又順時鐘旋轉了，而且是非常平穩地轉動，晶瑩剔透的水晶，在桌前檯燈照耀下，更顯光芒閃爍。

阿本看了又驚又喜，這下新環境有舊鄰居，也對那老房子沒那麼在意了。突然寢室的門開了，阿本嚇了一跳，趕緊收起靈擺轉頭一看，原來是阿泰學長。

「你又再玩你的**水晶球**喔！」學長瞄了一眼說道。他戲稱那顆靈擺是水晶球，就他來看，阿本實在是太過迷信了，簡直像是吉普賽的占星師一樣。

「是啊！我在問租房子的事！」反正都被看到了，阿本也只好大方承認。

「房子？對了，找的怎麼樣？寢務組那些人要我月底就搬出去！你有找到滿意又不會太貴的嗎？」

哎！阿本嘆了一口氣，將最近找房的不順利說了一通，說到最後，只剩中年大叔那間符合兩個人又近又便宜的要求。

「學長，那老房子你覺得怎麼樣？」阿本問道。

「是還好啦！反正只住幾個月，住不慣就再搬，所以也不用要求這麼多！」阿泰常待在實驗室，倒不這麼在意屋況。

「你那天看屋的感覺ok嗎？」愛疑神疑鬼的阿本，總覺得那房子很詭異，只是不知學長怎麼想，畢竟磁場這種東西因人而異。

阿泰仔細回想倒也沒什麼異狀，只是回來有點累，小睡了一下，然後做了一場夢，夢到一個感覺蠻漂亮的女生，在遠處看著他，對目前剛和女朋友分手的他來說，算是一個不錯的夢境，也許在暗示會交到新女朋友也說不定……

「沒什麼特別的感覺，就一間普通的老房子而已！」阿泰聳聳肩說道。

其實兩人也壓根忘了「失翼蝴蝶」那篇〈竹竿〉的創作文，畢竟這作者每天都在寫鬼故事，鬼廁所、鬼公司、鬼軍營、鬼國家……讀者今天看完明天就忘，哪記得到底寫過什麼，而且又是看似唬爛的創作文，時間一久早忘了之前在怕什麼。

「是喔！」阿本也說道：「其實我剛剛就在問靈擺，靈擺說我們應該搬到那房子去，我正想跟你說呢！」

「哼！」阿泰對靈擺這種沒什麼科學根據的事根本就嗤之以鼻，也沒放在心上，只是找到現在都沒其他選擇，看來只能先去住那牆上有洞的房間了。

過了幾天，他們打包好行李就搬了過去。簽約時，房東大叔一副我說的沒錯吧！你們還是會回來找我的踐樣，並要求先付一個月的押金，然後簽約簽到這學期結束，押金則要住到租約到期才能退還。

就在鑰匙交給他們兩人後，坐上摩托車準備走人的房東大叔，突然像是想到什麼對兩人說道：「對了，如果有什麼電燈壞掉，或是跳電的問題，你們要自己去重開電源的總開關，畢竟這是老房子，電器偶爾跳電自己開開關關的也算正常。你們不要打給我，我晚上有很多事要處理，也沒空來弄，都是男生了，換個燈泡總會吧！」說完，就騎車走人。

阿泰和阿本拎了行李到各自房間，阿泰選了大間的302房，阿本選了小間但有外窗的305房。兩間房看來久沒人住，他們做了一番打掃，打開對走廊的室內窗，讓空氣流通，頓時老舊的房間頗有一番新氣象。

住進來一陣子之後，阿本首先感覺這房間常有蒼蠅出沒，明明門窗關得死緊，卻還是會有蒼蠅逡巡，而且每當蒼蠅出現的時候，屋內總有一股令人作嘔的腐臭怪味久久不散……

既然門窗都緊閉卻還是會有蒼蠅，那唯一的可能就是隔間牆上那個洞，蒼蠅有可能是從303房飛過來的。

至於阿泰因為研究所生活忙碌，大部份時間都泡在實驗室裡，這房間只是他睡覺盥洗的地方。或許是因為論文壓力大，又換了一個新環境，他常覺得很累很想睡，一睡就特別沉，彷彿怎麼睡都不夠。然後有幾晚他又夢到了一個女生，他覺得就是之前夢中的漂亮女生，只是一直看不清她的臉，有一次夢到和那女生在床上翻雲覆雨，躺在下面的他想看清女生的臉，但怎麼樣就是看不清……

除了這些生活中無關緊要的小插曲外，搬來這裡後，漸漸讓他們感到起疑的，卻是301與303這兩間房的房客……

*　*　*

當時房東大叔說這兩間都有人住了，如果也是學生，那照理說學生作息應該不會差太多，搬來這麼多天了，他們偶爾還會和樓上或樓下的房客不期而遇，或是聽到開關門與上下樓梯的聲音，但唯獨那神秘的301與303房，雖然就在隔壁但卻從沒打過照面。

先說阿泰的鄰居301房，那間臨外面街道的房間。他每次出門時，走廊的室內窗永遠是關著也是暗著的，玻璃是霧玻璃，看不出裡面有沒有人。阿泰在實驗室待得晚，有時回來十一點多了，那扇窗戶依舊還是暗著的。不禁讓他懷疑到底有沒有人住，還是說這位同學請長假了，畢竟他們也是學期中才搬來，跟這裡原來的房客都不熟。

「難道是夜間部的？還是說根本沒住人？管他的，這樣也好，省得被隔壁吵到不能睡覺。」阿泰心底想到。

至於被阿泰和阿本夾在中間的303房，那就更奇怪了！跟301房不一樣，他們覺得裡面有住人，只是從來沒見過這位**隔壁的房客**。

為什麼說裡面有住人呢？因為303房的室內窗不是永遠都暗著的，晚上的時候燈會被點亮，隔著模模糊糊的霧玻璃，裡面除了像檯燈的黃光外，還隱約可以看到一對紅光，有點像是神桌兩旁的紅燈，在霧玻璃後圈成兩團紅迷霧。

他們都覺得奇怪，有哪一個房客住外面還會弄一張神桌來拜，就算不是房客自己帶來的，看到房內有別人家的神桌，又有誰會敢住？而且房東又要怎麼拜？難道會是房東小孩？這些不尋常的疑點，讓他們很困惑。

奇怪的不止是這樣，每到了夜深人靜的時候，透過兩道隔間牆上的小洞，可以清楚聽到303房傳來滴滴噠噠的鍵盤聲。那聲音在安靜的長廊中顯得特別清晰，是斷斷續續的，就像有人在**寫小說**一樣，時快時慢……

但除此之外，沒有其他任何聲音了。沒有音樂聲、腳步聲、講話聲、連人打哈欠、擤鼻涕的聲音都沒有。有時半夜突然聽到隔壁房客的打字聲，他們會停下手邊工作，仔細地去確認，然後心底說道：「又出現了……」

他們不知道那人是何時回來；或是一直待在房裡從沒出來？總之兩人常在午夜夢迴的深夜醒來，看著幽暗房間牆角的洞口，透顯夾雜著黃與紅的詭異光芒，聽著耳邊滴滴噠噠的鍵盤聲又沈沈入睡……

第二天一早醒來，當然什麼聲音也沒有，連霧玻璃內都是漆黑一片，沒有桌燈和電腦，那對看似神桌燈的紅光也熄滅了，一切像是什麼都沒發生過。

他們都曾在出門時，不經意地轉頭看那扇窗，但誰都沒有想太多，也不曾討論過這神秘的房客，只知道這間房裡住了一個半夜工作的人。直到有一晚深夜，阿泰剛從學校回來，忽然走廊傳來了腳步聲，然後門就打開了，他回頭一看，原來是阿本。當場罵道：「幹不敲門，你要嚇死人啊！」

「學長我們都同住一間寢室過了，幹嘛還這麼見外？」阿本一副漫不經心的樣子。

「這麼晚找我有什麼事？」阿泰問道。

「沒有啊，想看看你房間有沒有蒼蠅。」

「蒼蠅？為什麼我的房間會有蒼蠅？」阿泰說道。

「所以沒有囉！我房間不知道為什麼最近超多隻的，而且我感覺……」阿本壓低了嗓音說道：「是從303房的那個洞口飛出來的。」

「303，你說隔壁！」阿泰也小聲應道。

這話題一開，兩人像眼前有一個潘朵拉的盒子，急著一步一步去揭開。阿本先說道：「他應該不在，我剛剛經過時沒看到燈亮。學長，你有沒有覺得隔壁的房客很奇怪？」

「我每次經過他的門和窗都沒開，房間沒外窗，現在這麼熱，又沒有冷氣，他怎麼受得了？」

「我也覺得很奇怪，」阿泰附和道：「有時我回來看他房間的燈沒亮，過沒多久，竟然聽到了打字聲，可是我卻沒聽到開門聲，也沒有腳步聲。」

「對，打字聲，我也曾聽到！」阿本馬上應和道。正要繼續說時，忽然阿泰眼角直盯著牆上，看著那個洞問道：「現在幾點了？」

「哎呦，你不說我差點錯過了！十二點，該上媽佛板看小說了！」阿本趕緊掏出手機，等待「失翼蝴蝶」的帳號。今晚「失翼蝴蝶」發了一篇「創作文」叫〈**鬼房**

客〉，阿本坐在床旁看得津津有味，根本把學長房間當自己家了。

只有阿泰一臉神色凝重，他倒是沒急著上PTT，只是像在聽什麼似的側耳聆聽，兩眼始終直視那個洞口。阿本見阿泰沒看手機也沒說話，有些不自在，便問道：「學長，你在幹嘛？」

「燈亮了！」

「什麼燈？」

「剛剛十二點的時候，那個洞口的燈，亮了！」

「是喔！」阿本隨口應道，正要繼續低頭看手機時，忽然詫異道：「幹！剛剛經過時裡面燈沒亮，我還以為裡面沒人耶！」

「阿本，打字聲又出現了……」阿泰說道。

「對！就是這聲音……」阿本的聲音有些驚恐了！

「阿本，我們去隔壁看看，跟那位房客打聲招呼怎麼樣？」阿泰突然提議道。

「學長，你確定？」話還說完，阿泰已準備扭開門把走出去，就在這時，大半夜一個響亮的皮鞋聲從樓梯口傳來，接著便是掏鑰匙聲與打開門鎖的聲響。

「是301號房！」阿泰眼睛一亮，立刻說道：「看來他終於回來了……」

「誰？」阿本還來不及多問，阿泰已奪門而出，正巧和301房的房客打個照面。

走廊的日光燈下，是一個看上去四十多歲，叼著一根菸面色蠟黃的男人，他留了一頭微卷長髮，穿著襯衫外翻略顯油氣的西裝外套，一條窄版緊身褲，一雙上樓發出好大聲響的白皮鞋，夾著一個LV手提包，遠遠就可以聞到他身上濃到化不開的古龍水味。

「這個看起來像**加藤鷹**不像是學生的大叔，就是我隔壁房客？」阿泰心頭念道。

那人看到阿泰與阿本，倒是一臉親切。

「你們是大學生嗎？住幾天了？」

「大概有兩個禮拜了！」

「喔，這次住得有比較久喔！」那人嘴巴呢喃自語，進門前忽然又問道：「住這麼多天，你們有聽到什麼嗎？」

「蛤？」兩人異口同聲，不知他在說什麼。

「我的意思是，你們住在這，有聽過別人說什麼嗎？」

他們搖搖頭，不知這話是什麼意思。那人也沒再理會，開門說道：「沒事就好！放心住啦，這房子有人住也比較有人氣！」說完就進房了，留下一臉詫異的兩人。

他們回到房間，完全不明白剛剛的對話，只聽見301房傳來好大聲的電視音量，然後開始翻箱倒櫃，不時加上清痰的咳聲。這人不知是一個人住習慣了，還是神經太大條，完全不管現在已經是深夜了。

「學長，剛剛那個長得像加藤鷹的傢伙，真的是學生嗎？這棟樓不是只租給學生嗎？」阿本沒好氣地問道。

阿泰卻像是沒聽到阿本說的，又是一臉專注地側耳聆聽，眼睛直視牆角的洞，像是在確認什麼，過了一會才說道：「阿本，打字聲不見了，燈也熄了……」

「真的耶！沒聽到了，會不會睡了？」

「不知道。」其實阿泰早就發現隔壁房客幾乎是日夜顛倒，搬來這麼久，半夜還未曾有過關燈與沒敲鍵盤的時候。

「算了我累了，時間也不早了！至少我們知道，三樓這一整排都有住人。」

「我看都是住怪咖！」阿本冷笑道，然後走回自己房間，經過303房時，刻意看了黑矇矇的霧玻璃，確認裡面什麼燈也沒有……

接下來幾天，他們領教了301房這位「怪咖」房客的惡行惡狀，他會在房內抽煙，但每間房都有一個洞相通，所以煙味會飄散到各個房間內。然後電視音量開到好大，而且常搞到三四點才入睡，因此噪音幾乎是吵整晚。加上手機講不停，像是怕別人不知道他事業做多大。有時還會找朋友來喝酒打麻將，都是一些看起來三教九流的牛鬼蛇神，幾個人又抽煙又喝酒，洗牌聲像暴雨打在鐵皮屋上，三不五時起鬨幹譙聲整夜喧嘩沒停過，簡直就是隱居學生套房的職業賭場。

他們都是學生，見對方又絕非善類，只能敢怒不敢言。他們不是沒打電話給房東反應過，但房東根本不接電話，像是人間蒸發找不到人。直到有一個晚上，當阿泰拖著疲憊沒睡好的身軀回到房間，見到301門口又堆滿了垃圾，看來加藤鷹今晚又揪人來打牌，賭場開張大吉，他今晚又不能好好睡覺……

他在心底不斷咒罵，這時突然看到一個熟悉的身影從301房走出來講電話。「這不是房東嗎？幹！原來他也是加藤鷹的**牌咖**！」

房東看了他一眼後，繼續講電話。阿泰忍受他手上的香菸，耐心等他講完後，逮到機會當然是要投訴一番。誰知房東卻叫他忍耐幾天，原來這加藤鷹叫偉哥是這裡的老房客，也是房東的好朋友，因為之前房東欠他一大筆賭債，只好讓他白住在這抵債。偉哥做的是傳播業，公司在台北，所以常往北部跑，一個月只來這住不到幾天，主要是找朋友找新人兼跑業務，所以大家忍耐個幾天也就沒事了。

「房東你這樣說不對啊！你當初跟我們說你只租給學生，你這樣不是詐欺嗎？」

「喂！年輕人，講話不要這麼衝好不好，什麼詐欺？我什麼時候說我只租給學生啦？我是說房租便宜給學生，又沒說只租給學生！而且我也沒有租給我朋友，我想讓他白住是我家的事，干你屁事啊！」說完，甩門就走進301房，開門的當下又是烏烟瘴氣撲鼻，燻得阿泰受不了。

不只是這個惡房客讓他們很反感，他們也發現自從偉哥回來之後，這房間與他們的生活，有些事情不對勁了……

＊　＊　＊

阿泰因為隔壁房客的夜夜笙歌，所以待在實驗室的時間也就越拖越晚，作息漸漸變得跟偉哥一樣，非要搞到四五點才能入睡，白天又睡到下午才醒來。他在這不見天日的房間本來就容易貪睡，現在日夜顛倒更讓他感到疲憊，但躺在床上又難以安眠，不斷做著晦澀絕望的夢境，半夢半醒間分不清到底是夢境還是真實……

例如他看到一個場景，張開眼時自己正躺在房間，但擺設卻不是熟悉的樣子，牆上貼了「**周杰倫**」的海報，看起來像女孩子的房間。這時他看到一個短髮的女生，正戴著耳機坐在電子琴前，邊彈琴邊記譜，似乎在創作音樂。雖然他只看到女生的背影，但也能感受到她的快樂，並且知道她就是夢中的漂亮女孩……

接著他又看到一個場景，女孩一樣是坐在琴前，忽然一個男人走來親暱地貼在她背後，這男人一看就知道是偉哥，偉哥不知對她說了什麼，讓她很開心地笑了。但一直冷眼旁觀的阿泰，卻對於偉哥吃豆腐的輕浮舉動很不是滋味，他有一種感覺，偉哥對這女孩一定居心不良。

然後場景又轉換了，這段的場景很短可是卻很深刻，女孩已留了長髮，來到五光十色的酒店，穿著很妖豔的小禮服，坐在放浪形骸的酒客之間。桌上杯盤狼籍，女孩們衣不蔽體，玩到 high 時男男女女直接吸起桌上的結晶粉末。阿泰遠遠看著這場酒池肉林，雖然看不清面孔，但他卻可以感覺到，那女孩身在深淵的無力與心酸……

下一個場景阿泰還搞不清楚狀況，就見女孩被偉哥狠狠甩了一巴掌，然後丟了一袋裝有白色粉末的夾鏈袋在她身上，偉哥不知道在兇什麼，只看到那女孩傷心落淚的背影，這一幕讓阿泰看得錐心刺骨，只想衝上前去教訓那畜生。腳才剛跨出去，場景又換到下一幕，正站在自己房間的門口……

他扭開門把，霎時整個腿軟，因為他看到那女孩已走上床鋪，這房間不知何時竟多了根該死的竹竿！當她那頭長髮套進竹竿垂吊的繩圈時，阿泰瞬間癱軟在門旁，用盡全身力氣想舉起手，從喉間擠出聲音要阻止這場悲劇，但女孩轉過頭來，看了阿泰一眼。阿泰終於看清那女孩模樣了，她有雙心死卻不失善良的眼神，像跌落人世間最黑暗的山谷，沈淪之中仍渴望有月光的撫觸。

他看了阿泰一眼說道：「我叫林小雨，我的夢想是當一個像周杰倫一樣厲害的創作人！」說完，便上吊自殺了……

「**啊啊啊啊啊……**」阿泰這輩子從沒這麼絕望地叫喊過，像要掏空所有力氣去尖叫狂吼，可是卻又一點力氣也沒有。他從滿是汗水淋漓的床鋪驚醒，不斷喘著大氣，要證明自己是清醒著，一切只是一場夢……

天亮了，雖然房間沒有外窗，但他知道天亮了。坐在床上驚魂未定的他，腦中浮現的還是剛剛的景象，彷彿前一刻才發生。就在他思索未定之時，忽然一絲長髮從天際飄落，他抬頭看去，一根竹竿橫在兩個洞口間，上面懸了繩圈，糾結好幾撮女孩子的長髮，白繩黑髮緊緊糾結。

他感到背脊一陣發涼，當他把視線從天花板拉回眼前時，只見書桌前坐了一個長髮女生的背影，幽幽說道：「阿泰，我是小雨。你可以幫我嗎？」

再怎麼理性重視科學分析不相信鬼神的人，也知道自己見鬼了，那天阿泰連滾帶爬地衝出房間，之後他不是以實驗室為家；不然就是借宿朋友那。但他沒有向人提起租屋處鬧鬼的事，因為他不知道這該如何啟齒，而且更讓他開不了口的，是他可以感覺得到，小雨一直在身邊……

有一晚他又在實驗室待到深夜，也沒真的專心在做研究，這幾日他心力交瘁又疲倦深重，壓力大到萬念俱灰只想一死了之……

實驗室只剩他一個人，慘白的日光燈下他撐著頭，坐在桌前打盹，忽然一陣陰風吹拂，門自己開了，掉在地上的外套被拾起，披在他身上，然後門又關了……

過了不久，門又開了，走進來一個人，這人來到阿泰身旁，輕輕將他搖醒。

「阿泰，夜深了，怎麼不回去睡呢？」

「啊，老師！」阿泰從睡夢中驚道。

說話的正是阿泰的論文指導老師李教授，他是國內首屈一指的光電學權威。偶然聽到小組同學說阿泰最近都以實驗室為家，而且感覺狀況非常不好，壓力大到可能負荷不住，於是利用回家之前來實驗室關心看看。

「沒事就早點回家休息吧！放輕鬆一點，別給自己那麼大的壓力，難道一直待在實驗室，論文就生得出來？你有什麼困難，遇到什麼問題就跟老師說吧！」李教授像是一個和藹長者春風化雨說道。

「老師，我……」阿泰卻一副欲言又止的模樣，他撞鬼的事都不敢對同學說了，更何況還是自己的指導教授。

「跟女朋友吵架了嗎？」教授問道。在學校待久了，學生的什麼問題沒見過。

「不是，我目前沒交女朋友，想專心在研究上。」

「噢，那很好啊！」李教授說道：「只是如果沒有女朋友，那在門口等你的那個女生，就別讓她一直等太久！」

李教授這麼一說，阿泰驚訝地看著眼前的老師，這位看似只是研究光電的大學教授，究竟知道些什麼。他不敢相信耳中所聽到的，久久難以平撫現在激動的情緒……

「阿泰，這個世界的所有現象，可不是我們用科學分析與經驗法則就能完全理解的。在我們目前所能觸及的領域裡，確實還存在著我們所未知的神秘世界，也許真有些人能觸及那個領域，並看見遠超乎我們所能想像的景象，Who knows？我就曾經和台大李校長在『**信息場**』這塊有深入的討論，那些研究成果令人感到震驚與不可思議！」

「老師，所以你也看得到……她？」既然老師都這麼說了，阿泰終於可以鬆懈心防，將自己目前遇到的問題說出來。那一種情緒的釋放，讓他感到積累已久的壓力，終於獲得了解的釋懷，當下有一種想哭的衝動，更讓自己的身心靈頓時感到鬆綁不少。

「看來，你遇到的事有點難處理，這事一定要和平解決，這樣對你跟她都好！」在聽完阿泰所說的來龍去脈後，李教授這麼說道。

「可是老師，我從小到大都沒遇過這種事，我又該怎麼做呢？」

「嗯……」李教授沉吟了半晌，然後像是想起什麼說道：「我倒是認識一個過去在飯店服務的領班，算是不錯又可以信任的朋友。他曾經提到一個年輕人，你或許可以找他幫忙看看。」

日光燈下阿泰看著老師，這位學風嚴謹的理工教授，此時在他看來，彷彿是看到生命中的智者，周身散發著輕柔光芒，使人安心又崇敬。

而那幾天除了阿泰以外，阿本也開始感到這房子有明顯的不對勁了……

他本來就愛疑神疑鬼，甚至在心中隱隱希望能和靈界作第三類接觸。當初在他一踏進房間時，就直覺這裡有問題。於是迫不及待拿出靈擺，試圖了解這房間是否有什麼不為人知的過往。

「靈擺靈擺，請問這房間有其他靈體嗎？」他看著靜止的靈擺問道。

此時靈擺順時鐘轉動了，代表是。他知道後，並不特別訝異，因為他深信台灣這塊土壤，由於地小人稠又經過長期的動盪，只要是熱鬧一點的都會區，哪一處沒有死人，這也就是後人要拜地基主的由來。所以，這個靈體有可能是地基主，或其他路過的孤魂。

「請問這靈體是過路靈嗎？」

這是他覺得最好處理的結果，代表不去理會靈體就會自己離開。但這時靈擺逆時鐘轉動，看來不是。

「請問是無主孤魂，長期在此的陰靈嗎？」

如果是這樣，那也不難辦，準備一個雞腿便當，一罐可樂，祭拜一下地基主，也算打個招呼，拜個碼頭。

靈擺逆時鐘轉動，看來也不是。

「請問這靈體是**地縛靈**嗎？」

他最怕是這結果，那種因自殺與意外而慘死在這的靈體，往往怨氣深重，常跟這股怨氣共處，人也會變得容易想不開；而且若是祂想要抓交替，或有什麼遺願未了，那更容易糾纏著你陰魂不散……

這時靈擺順時鐘轉動了，代表是。阿本倒抽一口冷氣，真是怕什麼來什麼！「果然這房間不乾淨！」他心頭念道，也印證了他的直覺。

但他又覺得很矛盾：「明明像守護靈一樣的靈擺，指引我要從宿舍搬來這裡住，難道冥冥中自有註定，這樣的安排又對我有什麼好處？」

於是，他又對著靈擺問道：「請問，我可以和祂和平共處，在這房間相安無事嗎？」畢竟保命要緊，先別管有什麼好處了。

靜止的靈擺順時鐘轉動了，這下阿本鬆了一口氣，心想：「大概祂也像學校宿舍那位，是一個善良不會害人的靈。」隨後收起靈擺，向四方稱謝。

接下來幾天，除了偶有蒼蠅飛來，並不時飄散著腐臭氣味外，阿本與這位「前室友」倒也相安無事，還真能和平共處！反倒是隔壁神秘的303房，那夜半暈黃的桌燈，與一對詭異的紅光，還有謎樣的打字聲，與永遠關上的門，更讓阿本直覺303房裡一定有鬼……

當時，他想起之前在PTT媽佛板上po文的興味，趕緊連發了幾篇經驗文，標題為「隔壁房間的鍵盤聲」，詳述搬來這裡後連續幾晚發生的怪事，但因為沒什麼飄點，除了被鄉民噓，最後更被板主以「媽佛點過低」刪文。

這下自尊心受創，卻也讓他越挫越勇，決心來個猛的扳回一城，於是每晚拿出靈擺，試著與這位沈默的「前室友」對話，並將對話內容，忠實地記錄在媽佛板上，標題就叫「與靈體對話實錄」。

果然這一系列經驗文立刻受到矚目，得到很多推文與回應，因為網路上還沒有哪位強者（白目），敢像記者一樣每晚跟鬼做連線採訪。板上當然也是各種聲音都有，有些鄉民想透過祂了解更多「好兄弟」的靈異世界；有些則質疑靈擺的可信度，認為根本就是自己想紅在那邊故弄虛玄；有些則勸阿本不要走火入魔，無端去招惹那些無形引鬼上身；更有抱著看好戲的鐵粉，叫阿本問清楚這靈體是怎麼死的，如果是被害死的，神通廣大的鄉民一定幫祂出口氣。

阿本一開始確實也熱衷於與靈界接觸，但久了之後發現每次問完問題，他都感覺特別疲累，可能是因為任何問題只能從「是」與「否」一一去旁敲側擊，這樣常耗去不少時間，作息也就越拖越晚，隔天早上的課自然全都翹掉不去上。

也是在這一來一往的問答間，阿本漸漸勾勒出這位「前室友」的模樣，原來他是男生，也算是他學長，燒炭自殺而死，死在端午節那天……

另外他還有一些問題想問，包括這「學長」有什麼遺願未了；當初是為了什麼走上絕路？但這些問題在還沒有釐清之前，偉哥就回來住了，阿本也發現在偉哥回來後，這位原本平靜無害的「靈體學長」似乎就變得躁動不安……

例如有時他從學校回來，發現房間變得一團亂，像是遭過小偷一樣，一開始他的確以為是這樣，但仔細檢查又沒有財物的損失；然後晚上一個人在房間時，電視會突然自己開開關關，或是書本突然從書櫃中飛出來；而且房間的蒼蠅也變多了，有時一回頭，紗窗上有數十隻蒼蠅逡巡；最離奇的是深夜會突然傳來陣陣搥牆聲，讓他分不清到底是303房還是「學長」在搥牆……

這些他都相信是因為發生「靈擾」，原本安靜的靈體受到擾動的過激反應，只是他不明白為何突然會這樣，而他也不打算離開這房間，因為現在所經歷的，都是他日後發表的素材，他要忠實地記錄下來，這段難得的鬼屋親身紀實。

有一晚，半夢半醒的他，迷迷糊糊中看見隔間牆上的洞口，突然飛出了數以萬計的蒼蠅，轉眼把房內所有一切給覆蓋，連外面的光線都照不進來，而他自己全身上下也被蒼蠅吞噬包覆。他立刻從床上驚醒，這時天色微亮，他看著昏昏沈沈的室內，慶幸剛剛只是做了惡夢，然而就在此時，他注意到窗戶旁站了一個人，而那個人正一步一步向他走來……

他驚懼的雙眼發出了驚恐的尖叫，瞬間從夢境中驚醒，看看房中再無他人，斗大的汗珠滾滾直落。他趕緊拿出靈擺，顫慄恐懼地問道：「這個夢，是不是房裡的靈體有話要對我說？」

奇怪的是，棉線懸著的靈擺，既沒有順逆時鐘轉動，也沒有搖擺不定，像是被定格住一動也不動。而且套在指上的繩圈漸漸鬆脫，最後阿本的手指竟能從棉線圈中抽出來，而那水晶靈擺卻還定格在半空，像被一隻看不見的手給緊握住……

阿本看傻了眼，就在這時，突然靈擺爆裂粉碎，水晶粉也像水花四濺，受到驚嚇的他，瞥眼看見一道黑影站在身旁，伸出像操控靈擺的手，緊緊將他握在手中……

「媽佛板」上開始有人注意到，那個發表「與靈體對話實錄」的帳號久久沒有更新，而詭異的是，他停筆的時間點，與「失翼蝴蝶」從媽佛板上消失的時間點竟然差不多！因此有好事之徒將兩人的資料做了一番比對，意外發現兩人的IP位址竟然只差一碼。而且從「與靈體對話實錄」所透露的訊息發現，那個靈體的描述像極了「失翼蝴蝶」所寫的一篇叫做〈窗戶〉的創作文。如果這一切線索都是真的，也就是說那不是「創作文」，那是經驗，有人走上絕路的真實經驗……

鄉民的意外發現，並沒有引起多大的關注，這些窮追不捨的推文，也很快埋沒在PTT的字海裡，消失在深幽螢幕的另一端……

房子裡有鬼

也是在深幽螢幕的另一端，浮現一個女孩低頭看 iPad 的倒影，她正聚精會神看著媽佛板上的文章，連一旁從棺材中爬起來叫她的聲音都沒聽到。

「阿娟，你幹嘛還不睡？」阿弦揉著惺忪的一眼說道。昨晚他和一票禮儀社師兄弟去快炒店喝，醉是不會，只是尿多。

只見沙發上一個捲曲的身形，一旁點著昏暗的小燈，垂下來的頭髮遮住整張臉，剩 iPad 發出的青森陰光，嚇得他以為見到鬼。畢竟這「**長生禮儀社**」死後用品齊全，棺材旁就站了一票金童玉女，如果不仔細看，還以為是紙人在看 iPad！

「別吵！我在看飄文，突然出聲是想嚇死人啊！」阿娟沒好氣說道。

「飄文？嘿啥？」阿弦不是鄉民，沒在上PTT，這道理就好像網路每天在戰「八嘎囧」，卻沒見到哪一個「八嘎囧」出來喊聲右！

「電腦啦！會揀土豆啦！」阿娟懶得跟他解釋，隨口呼嚨了幾句。

阿弦也沒理她，此刻尿急才是當務之急。待他回來時，看看時鐘已經一點多了，他知道阿娟有時會為了追劇，看到整夜不睡覺，於是便好奇走到她身旁，看她到底在看啥？

眼前螢幕正好是黃色的推文，鄉民有的說：「有驚嚇的感覺……後悔這麼晚看QQ」有的推說「好恐怖！」、「超可怕！」

他看了幾則，知道阿娟是在看鬼故事，頓時覺得好笑：「阿娟，幹嘛不去妳房間看！這裡不是棺材就是骨灰罈，整間紙厝紙人，妳在這裡看不是更毛嗎？」

「哎喲，去房間看人家會怕嘛！在這裡看，至少有你陪我啊！雖然你的打呼聲吵得要死！不過聽了才不會這麼怕！」阿娟嬌嗔說道，並點了下一篇故事〈竹竿〉，打算繼續看下去。

阿弦瞄了一眼，也不以為意，正要轉頭回棺材睡覺時，突然右眼靈動了……

之前，他的右眼在「**鬼仔神**」的神社中，因得降龍羅漢的幫助，感化了不動琉璃子，讓她封印成一顆晶瑩剔透的小珠子，寄身在阿弦的右眼中。後來在王胖的「出禁」儀式上，他的右眼竟能看見濟公活佛的真身，並生出一股特殊的靈動。

這也讓阿弦明白，他已能「左眼見鬼，右眼通神」。甚至，有時到了一些靈氣逼人的環境，或遇到怨大念深的靈擾時，他那原本平靜的右眼，就會因有所感應而產生靈動的收攝。

當時濟公禪師曾跟他說過：「昔日我將不動琉璃子囚於葫蘆內，一方面斷絕過往所造惡業牽引；一方面盼她能有所感悟化解怨戾之氣，不想竟有此風波，看來不如讓她戴罪修行，跟著你行天道，辦天事，積累福種，莫若行善救人。

只是這娃兒的性子還需多修煉，現在暫將她封印在珠子裡，寂然不動，感而遂通，日後於你修行路上，多有助益。待若千年後她與這塊土地的因緣業障解消時，自會離去，不可強求。總之聽我一偈：『白蓮生黑泥，開闔皆修行，琉璃寄濁世，菩提見本心。』汝好自為之！」（關於琉璃子的故事，詳見前作《鬼島故事集．鬼仔神》）

於此夜晚，在阿弦瞄了一眼 iPad 上的文字後，突然右眼傳來不尋常的收攝，他立刻感應到一股來自文字中的怨念……

只見阿娟正渾然不覺地看著〈竹竿〉這篇故事，但就阿弦來看，卻見到從 iPad 螢幕中發出一道青冥綠光，正源源不斷吸取阿娟的精氣，他立刻出聲：「阿娟！」但她卻像是中邪般沒聽到，只專注看著螢幕，似乎被這鬼魅的綠光所蠱惑。

阿弦不動聲色走了過去，二話不說抽走阿娟手上的 iPad。

「你幹嘛啊！」她驚道。

他知道阿娟的脾氣，現在若硬是要跟她說教，她一定聽不進去。可是如果跟她直說，只怕這種天方夜譚，鐵齒的阿娟也不會相信，畢竟阿娟並不知道阿弦右眼的事，所以說這種「**看小說會被吸精氣**」的話，阿娟聽了一定覺得是阿弦在嚇她。就像是跟人說從靈異照片可以感受到鬼，或許有人會相信；但如果說光從文字就會招惹來靈界的怨念，只怕任何人一定覺得你在唬爛！

「你發什麼神經啊！想嚇死我啊！」阿娟怒罵道。

聽到「嚇」這個字，阿弦忽然靈機一動，正色對阿娟說道：「妳知不知道，妳身旁有多少好兄弟在跟妳一起看故事？」

這樣一說，果然阿娟臉色當場由怒轉驚：「什麼？你說什麼？」她知道阿弦有陰陽眼，看得見鬼。

「你知道人有磁場吧！」阿弦見此計得售正中下懷，趕緊故作正經繼續說道：「人在看鬼故事的時候，因為融入情節之中，所以磁場會與他們接近；再加上因為恐懼害怕，所以身上的三昧真火也就微弱；如果又是在三更半夜看，本來就是陽氣最弱陰氣最盛的時辰，那無異是引鬼上身啊！」

「引鬼上身？這麼恐怖？」阿娟以前有被鬼附身的經驗，一想起來頓時雞皮疙瘩掉滿地。

「是啊！因為人愛聽鬼故事，好兄弟更愛啊！他們想知道陽間人會怎麼說他們、形容他們、有沒有醜化他們。所以當你在看鬼故事的時候，就像是頭頂一塊招魂旗，要把所有路過的好兄弟全招過來。因為他們對這種磁場特別靈敏，如果剛好你時運低，又感應到你驚恐了，便知道你在怕什麼，變現你最怕的形象在面前，讓你三昧真火盡滅，接著就會趁虛而入上你身。」

「所以，阿弦你剛剛看到了，看到很多……那個……在我旁邊？」阿娟真的是嚇到了。

「是啊！我剛剛就是因為看到了，所以才叫妳，結果妳連應都不應，就代表妳已經被鬼所迷了，這就叫做『鬼迷心竅』。」這麼說倒也沒錯，剛剛阿娟確實像被文字催眠，怎麼叫都不應。

「而且妳不知道我們禮儀社最容易招惹來那個嗎？」阿弦似乎是說到興頭上了，繼續加碼演出。

「我們禮儀社又怎麼樣？」

「對好兄弟來說，禮儀社就像是 7-11 一樣！他們有時會來逛逛這季有沒有出新品，看看最近紙扎的 iPhone 到第幾代了，棺材骨灰罈有沒有出新款式，紙厝有沒有新建材。而且不只是好兄弟，有時快死的人也會先來看看，替自己預購臨終商品，畢竟這東西是要給自己用的，要用就要用最好的！不然妳想松哥為什麼每夜讓我睡在這，就是要我在深夜幫忙顧店啊！」

阿弦這麼說也有幾分親身經歷，他確實有幾晚看到幾個好兄弟在鐵門拉下的店裡閒逛，或是看到村裡哪個被送進加護病房的老阿伯，竟然活跳跳出現在他面前，問這口棺材多少錢。

「所以說囉！妳在這看得很高興，他們也在一旁看妳看得很高興！」

「STOP！」阿娟摀住耳朵不想再聽，看來她可能有一陣子不敢再上媽佛版了。

那一晚，阿娟在阿弦這麼一捉弄後，趕緊回房間躲在棉被裡，連 iPad 都不要了，直接放在茶几上。於是阿弦拿起仍泛著綠光的螢幕，先念了咒文護持自身，然後從頭到尾將這篇創作文〈竹竿〉看了一遍，從琉璃子之眼中，他看到的不是文字，而是親臨實境的影像……

他看到那個豆漿店，一口金牙的房東大嬸、又窄又陡的樓梯、還有那尊要笑不笑的白瓷菩薩、然後他也看到那根竹竿、飄落的頭髮還有擺動的衣服，最後是床上一步一步的腳印，以及最後一幕，女孩將頭套進竹竿垂吊的繩圈，說道：「我叫林小雨，我的夢想是當一個像周杰倫一樣厲害的創作人！」隨後便上吊自殺了……

此時右眼忽然金光變現，只聽空氣中一個女孩子的聲音說道：「那是鬼寫的噢！」

阿弦抬頭一看，一個穿著粉色櫻花印的紅髮和服少女，坐在茶几的對面，手拿一杯綠茶，露出一對虎牙，邊喝邊說道。

原來是不動琉璃子因為靈動的關係現了真身。確實有過幾次，如果靈動的情況特別激烈，便會讓封印的琉璃珠因靈擾而裂解，不動琉璃子倏忽現身。雖然一般人看不見，但若是鬼神或妖物如白蓮娜，與像阿弦這樣有些道行的人便能看到。

「我可以幫你喔！」琉璃子手捧熱茶微笑說道。

「蛤？妳要幫我什麼？」

「替天行道啊！吸人精氣是不對的事吧！」

「那妳要怎麼做？」阿弦在心中暗暗笑道：「妳也知道吸人精氣不對喔！當時在淳一班上，妳才吸得凶耶！」但也好奇這樣一個改過自新、有志向上的小孩神要怎麼做。

「當然是殺了這隻鬼啊！」瞬間琉璃子化作身穿黑鎧甲，頭盔一對夜叉尖角，面具一撮白鬍子，身高八尺的戰國武將，抽出一把烈焰武士刀說道：「就讓不動琉璃子去降妖除魔替天行道吧，振弦君！」

「停停停！」阿弦趕緊雙手交叉喊道。這下他終於明白，降龍羅漢為何讓她跟在自己身邊修行，這琉璃子果然還是「**囝仔性**」，有時想法太過簡單，做事過於衝動。

眼前琉璃子卻仍是一副殺氣騰騰，周身烈火沖天，像要把人大卸八塊，急得阿弦趕緊出聲阻止道：「冷靜冷靜，琉璃子妳還是先變回原來模樣吧！」

「不殺嗎？好可惜噢！我可以幫你耶！」琉璃子瞬間又變回和服少女，邊玩著劍玉說道。

「你哪來這麼多『出頭』啊？」阿弦盯著劍玉問道。

「『出頭』是什麼意思？」琉璃子聽不懂台語。她的國語是在王胖的國小學的，當年正推行「請說國語」政策，當然聽不懂台語。

阿弦指指劍玉，琉璃子馬上領悟說道：「這個啊！這是我當年離開神社時，因為怕以後沒人陪我，所以帶了很多兄弟姐妹的玩具在路上玩。我被關在葫蘆裡的時候，玩這個很厲害噢！」琉璃子隨即熟練地把玩劍玉，邊玩邊說道：「用這個也可以殺人喔！」

阿弦聽了一陣錯愕，只怕她凶性又犯，趕緊安撫道：「妳還是喝茶吧！」

這時阿弦拿起桌上散發著液晶光芒的 iPad，此刻琉璃子已現出真身，右眼的琉璃珠也就喪失神異，所以現在看同一個頁面，就看不到那攝人精魂的幽冥青光，以及歷歷在目的過往影像。但他知道，那陰邪的法術還在，不管在哪裡或是什麼時候，只要有人看這篇小說，就有可能被吸收精氣。所以這不只是傷天害理，更是影響巨大，當然不能坐視不管，只是面對這躲在電腦後的邪靈，對網路世界一竅不通的阿弦還真不知道該如何應付。

「琉璃子，」他想到琉璃子既有這麼大的靈力，也許可以看出什麼端倪，於是問道：「妳看看這個，看得到寫這篇文章的鬼嗎？」

琉璃子看了一眼 iPad 說道：「他不在了！」

「不在了？」

「嗯，不在這文字裡面了。」

「那他會在哪呢？」阿弦看這篇文章的作者 db（失翼蝴蝶），心頭思道：「會有這麼強的怨念，依附在電腦網路，藉由驚悚的鬼故事去吸人精氣。說穿了還是利用人的好奇心而已，會想到這麼做絕對不是普通的孤魂野鬼！」

阿弦知道，無形界的鬼魂即使是要上人身，或是要讓人迷惑撞邪，除了那人時運低磁場相近外，最主要還是讓人與這些無形，在有意無意間達成了某種允諾。所謂的允諾不只是口頭約定，有時只是簡單的應答，例如在山中聽到有人叫你名字，你回頭去應，這是一種；夜半聽到外面有人敲門，你沒有察覺就去開，這也是一種；至於利用碟仙、錢仙、筆仙與靈擺去招喚他們，讓他們去幫你解決問題，這更是一種。在那當下，你可以選擇不理不應不去接觸，但你沒有這麼做，於是就和他們達成了約定……

所以眼前這個「失翼蝴蝶」，他利用人對鬼故事又怕又愛看的好奇心，當你點進去閱讀文章時，其實就與他達成了約定。他並沒有強迫你，但讀與不讀的決定在你自己，當你成了「自願者」，他就可以對你予取予求。尤其鬼故事的恐怖情節，讓他連營造妖氛的幻象都省了，讓人自願踏進他的「靈異世界」，受他蠱惑。

想通了這點，更讓阿弦覺得這事得盡快處理，但現在又苦無下手處，內心只能祈求池府王爺幫忙，希望事情能有轉機……

沒想到幾天之後，阿弦接到一通自稱是某大學研究生的電話。一般人打來找「靈異先生」，通常三句不離「鬼」字，不是我撞鬼了，不然就是我房子鬧鬼。但這個研究生在電話中卻很冷靜，他只說他最近遇到一些怪事，懷疑跟他外面租的房子有關，想請「靈異先生」來幫忙看看……

當阿弦依約定的時間，和阿泰在那房子的鐵卷門前碰頭，眼前出現的是一個面容憔悴，眼窩深陷的年輕人，看得出他最近沒睡好，而且還被鬼跟了一段時間。雖然如此但他的眼神仍有著理工人的冷靜犀利，不像一般人，見到阿弦像看到「抓鬼特攻隊」，會急著跟他說鬼長什麼樣子，在哪裡，趕快去處理。相反的，只是客套寒暄，沒多說些什麼。

雖然阿弦之前沒來過這，但不知為何他一直覺得很有既視感，直到阿泰打開一旁鐵門，露出裡面那條陰暗老舊，又窄又陡的樓梯時，阿弦終於想起這是那天看「失翼蝴蝶」的小說的文字顯影。但阿弦也沒多說什麼，就在兩人一前一後上樓梯時，後面的阿弦忽然簡單問道：「她叫林小雨，對吧！」這時，走在前頭的阿泰，原本對阿弦還有些懷疑的他，瞬間對未知的「靈異世界」，感到一陣毛骨悚然……

＊　＊　＊

才提起這名字，深幽的樓上忽然傳來詭異的鋼琴聲，阿弦和阿泰都聽到了，琴聲曾經在阿泰夢中出現過，讓他想起那恐怖的夢境，回頭驚問道：「你怎麼知道……這名字？」

「我也不知道。」出乎意外的，阿弦沒有故作虛玄，只是淡定說道。對他而言，與其說他知道，不如說他看到；與其說他看到，不如說是琉璃子看到。

然後他們走上樓梯，阿弦看見一堵白牆，因為記憶猶新，他記得故事中有寫到這裡有一張神桌，桌上供了一尊白瓷菩薩，但現在卻不在了。然後又跟著上三樓，越往上走，琴音越清晰，阿弦右眼的靈動也就越強烈。

他們走出樓梯，雖然正對的是302房門，但阿泰先看的卻是301房，並且心頭嘀咕道：「不知道那個偉哥滾回台北了沒？看來小雨的死似乎與他脫離不了關係！」

其實在他心底，與其說是恐懼小雨的鬼魂，不如說是憐憫她的身世，同情她的遭遇，也因此在那個夢境後，他對偉哥更是沒來由地深惡痛絕。

忽然301的房門開了，阿泰嚇了一大跳，再看走出來的竟然是房東大叔，房間裡面暗暗的，看來偉哥不在了，那房東在裡面幹嘛？

房東大叔一見是阿泰，身旁又帶一個刺龍刺鳳的社會人士，也沒多說什麼，反鎖房門後便急急走下樓，就在他和阿弦擦身而過時，忽然他蹙起眉頭問道：「少年仔，我好像在哪裡見過你？」

阿弦看了這像極道上兄弟的**七逃人**，也覺得有幾分眼熟，但又說不出在哪裡見過。

「你是不是以前有被關過，還是待過勒戒所？」大叔問道。

阿弦也嚇了一跳，點點頭，好奇這男人到底是誰，怎麼知道他的底細。而那男人問完話後，便直接下樓去了，傳來拖鞋啪啪啪的響聲，留下一臉錯愕的阿弦，與滿臉疑惑的阿泰，他看著身旁手臂滿是刺青的男人，也好奇這位「靈異先生」到底是什麼背景。

雖然他不知道此人道行多深，但既然都已經走到這地步了，當然也只有親眼目睹才知道。此時琴音依舊悠揚，聲聲在走廊迴盪，阿泰不確定是什麼歌，但很確定是從他房間傳來的……

他躡手躡腳來到門口，以氣音向阿弦說道：「這就是我房間了，看來好像有『人』在裡面！」然後便貼到走廊牆邊。

阿弦走上前轉動門把，發現門沒鎖，輕手輕腳將門開了一個小縫，不敢有太大動作，因為當怨靈身處封閉空間時，這場域就成了他的結界，如果你驚動到他，就會讓煞氣衝向那破壞結界的人。這也就是為什麼入住飯店前要先敲門，還有破土開棺要先迴避。

門縫一開，他往房中一瞄，瞬間一道金光收束，琴聲嘎然而止，室內靜物如昔，只有不動琉璃子一身和服，抱著一個彩球暗室遊走。

阿弦嘆了一口氣，轉頭對阿泰說道：「她不在裡面了！」他已感應不到房裡有任何靈體，有可能是琉璃子的強大靈力嚇到她；或察覺阿弦身上帶有神明的正氣，總之她先避開了一步，這也讓阿弦感到失望，因為如果連談的機會都沒有，那又要怎麼幫阿泰和小雨？

他們走進房間，對阿泰來說此刻彷若隔世；阿弦則眼觀四周，雖然靈體不在了，但他卻可以感應到曾有一個生命在這裡消亡，那一種悔恨無助與哀怨，仍糾纏在這個時空。就只有琉璃子對這陌生空間感到新奇，掩不住一臉貪玩喜色，看看這又看看那，接著穿牆到了隔壁去晃晃……

因為有阿泰在一旁，阿弦也不好跟琉璃子說什麼。他知道琉璃子有「迴知過去」的靈力，這也就是為什麼阿弦可以藉由琉璃珠，看到文字中的過往景象。但此刻琉璃子既已現了真身，豈肯再收攝回眼中，又怕琉璃子像剛剛一樣衝動誤事，苦惱的他看來得找個機會跟她作「**勤前教育**」一番。

這時阿弦想到「看到文字中的過往景象」這點，突然靈光一閃：「當初苦無線索的『失翼蝴蝶』，難道就是『林小雨』？」

雖然他也沒見過林小雨，只在瞬間看到上吊的那一幕，但他感覺這女孩頂多只是個「怨鬼」，怎麼看都不像是會藉由故事吸人精氣的「邪靈」！可是現在會來到這，就代表林小雨的故事是真的，是她自己發生的事。如果「失翼蝴蝶」是寫故事的「邪靈」，那林小雨就是故事中的「怨鬼」。「失翼蝴蝶」在聽了小雨的故事後，將它寫在網路上，並以第一人稱創造閱讀的恐怖感，好營造幻相去攝人精魂……如果是這樣，那也就是說「林小雨」和「失翼蝴蝶」兩個靈體，可能都在這棟樓中？

就在他一步步推敲之際，忽然注意到兩堵隔間牆上都有一個洞，於是便好奇問了原因。當然阿泰也就將房東說的那套再陳述一遍。

「那這樣不就隔牆有耳，講話還是開關燈，隔壁都知道了？」阿弦問道。

「是啊！而且只要隔壁抽煙，我這邊也都聞得到……」

「所以你的房間兩邊都有住人？」

「好像是吧！」

阿泰有點不太確定地回答，頓時讓阿弦心生好奇。於是阿泰就將隔壁兩間怪房客的情況說了一通。303房從沒現身過，只到晚上十二點才開燈，還有一對詭異的紅光，並傳來陣陣打字聲，一直到天亮。301房住一個不友善的社會人士，久久才回來，一回來就驚天動地烏烟瘴氣。但說也奇怪，後來他發現301的房客一回來，303房的燈就沒亮過，打字聲也沒了。兩個此消彼長，讓他們很困擾……

「這裡除了你，還有誰住？」

「有一個以前和我同寢的學弟，是他找到這房子的，就住最裡面那一間。」阿泰同時想到自己這段時間住實驗室，也很久沒看到阿本了……

阿弦聽完總覺得事有蹊蹺，尤其是那古怪的303房，更讓他直覺裡面有鬼，因此打算去隔壁房看看。就在這時，突然牆中衝出一個身穿盔甲的日本武士，正是不動琉璃子。

她看到阿弦，便迫不及待說道：「振弦君，我跟你說，這房間裡面有……」話還沒說完，阿弦白了她一眼，然後轉身對阿泰說道：「我去頂樓抽個菸！」接著用眼神示意琉璃子：「走，我有話要跟妳說……」

此時一身和服的琉璃子，和阿弦一前一後走向頂樓，她心中一直記掛剛剛看到的景象，要提醒阿弦哪裡要留神、何處要小心。走上樓頂，上面是一處曬衣場，還有一間鐵皮屋，一些回收的瓶瓶罐罐堆在門口。

阿弦走到女兒牆旁抽了一根菸，對人世間什麼都好奇的琉璃子，正想去那鐵皮屋一探究竟，阿弦突然叫住了她：「琉璃子！」

「我希望妳能記住一件事，我們不是來玩的，是來幫人與靈解決問題，知道了嗎！」

琉璃子轉過身，有些不明白阿弦接下來要說的話。

「琉璃子，妳有很強大的靈力，這也就是為什麼在人間飄蕩的孤魂野鬼，一看到妳會立刻躲起來的原因，因為他們不知道妳的來意，怕被妳傷害。尤其是妳只要一感受到敵意，就會立刻現出武士的相貌，這都讓他們很害怕……」

「所以，你是要說？」此時琉璃子周身隱隱火起，烈焰蘊藏……

阿弦雖已感受到一股蓄勢待發的怒氣，但既然話已說出口了，便要把它說完。

「所以，如果妳無法控制自己，我希望妳暫時不要現身；如果妳連自己都控制不住，那妳又有什麼能力去替天行道呢？」

「ばか（笨蛋）！」忽然琉璃子大喝一聲，一身武士裝束橫刀在前，面具背後像要噴出火來，爆怒道：「你只是個在人道修行的人類，連我都打不過了，憑什麼來教訓我？信不信我這把刀現在出鞘，送你去**地獄**再走一遭！」

「琉璃子，我說過了，妳要學會控制妳的意念、力量還有情緒！」

「うるさい（吵死啦）！我是神，輪不到你來告訴我要怎麼做！我是因為降龍羅漢的關係，才跟著你修行，如果你真有本事，先接住我這一刀再說！」說罷，拔出武士刀，瞬間就往阿弦頭上劈來……

阿弦眼看刀口烈焰如山崩劈來，一刀砍下去包準魂飛魄散！他當然可以先側身閃開，或是召喚「白鱗法索」來相助，但他卻沒這麼做。因為他知道不動琉璃子只是受無明情緒激惱，絕非本心要這麼做。相反的，若是他現在做任何動作，反而只會激怒琉璃子，更加深兩人的對立，因此便只是直挺挺站在那，手插口袋叼根菸，任由武士刀劈來……

一瞬間刀鋒凌空如千斤壓頂，還沒到阿弦腦門，他就已感到一陣神火雷霆，眼看差一毫厘就要直下天靈蓋，這時刀鋒突然收煞停住，琉璃子氣到渾身發抖，卻聽阿弦吐了一口煙慢慢說道：「琉璃子，我就是因為沒本事，所以才淪落到人道輪迴；更因為我是個沒本事的人，所以才需要修行，歷經種種誘惑與考驗……」

此時琉璃子緊抿雙唇倔強地盯著阿弦，激烈的怒氣尚未平撫，久久後迸出一句話說道：「**阿弦是大笨蛋**！」說完飛身在城市樓頂，在午後的斜陽隱沒蹤影……

她雖然是神，過去也曾有過蹺家記錄，但這麼情緒性地反應，還是讓阿弦看傻了眼，心中有些悔道：「她畢竟還只是個孩子，就像是中壇元帥，再怎麼神通廣大，也會鬧小孩子脾氣。看來我似乎對琉璃子太過苛責了，話說得有點重！」

忽然，他聽到後面傳來瓶罐碰撞的聲響，一個歐巴桑蹲在鐵皮屋門口，一邊做資源回收，一邊猛盯著阿弦看。阿弦不知道她在那裡蹲多久了，又看到了什麼？她應該是看不到琉璃子，只看到一個人像神經病一樣對空氣大呼小叫吧！

阿弦走上前去，那歐巴桑對他咧嘴一笑，露出滿口金牙，瞬間想起之前的迴影：「她就是那個一口金牙的房東阿婆！」

「歐巴桑，妳是這棟的厝主喔？」阿弦問道。

「是啊！你是學生喔？欲來租厝喔？」她好奇問道。

阿弦正好對那三樓房間感到好奇，既然阿婆還不知道他的身份，不如將計就計看能套出個什麼線索。於是便順勢問道：「是啦是啦！這棟咁擱有房間？」

「現在攏嘸房間啦！你若是愛，我二樓有一間這學期畢業的，你可以先來看！」

「二樓喔，我驚吵，有三樓尚好，你三樓現在咁有住人？」阿弦直接問道。

「三樓？」阿婆一聽，像是見到什麼恐怖景象，急急忙忙將鐵皮屋門上了大鎖，帶著一大袋瓶瓶罐罐邊走邊說道：「三樓我嘸哉，你麥問我，我欲去收報紙囉！」然後就匆匆走下樓，只剩一臉詫異的阿弦，完全搞不清三樓到底藏了什麼秘密。

他一步步走下樓：「為什麼房東阿婆一提到三樓會如此害怕？難道之前真發生了什麼事？目前可以確定的是阿泰住的那間，小雨曾在那上吊自殺；至於301房，阿泰說住了一個社會人士，難道就是今天認出我有前科的那個人？他到底是誰？為什麼總覺得在哪見過？」他邊下樓邊想，卻又完全沒有頭緒，一個人走下昏暗的樓梯，像一步一步走進深幽的謎谷。

這時他來到了三樓樓梯口，最後面的房間門是開著，剛好撞見阿泰臉色蒼白驚惶走出來說道：「靈異先生……」

「我剛剛打電話給學弟阿本，可是都直接進語音信箱，我去他房間看看。打開門……看到他站在窗戶旁，背對著我，怎麼叫都沒回應，我走過去看，他的眼神……那個人，絕對不是我認識的阿本……」

阿弦一聽，也猜出是怎麼回事了，趕緊走到那房間，只見一縷幽微的夕陽從防火巷中照了進來，一個黑色的人影站在窗前，但他已轉過身，卻又像被人拖住般，垂著頭吊著詭異的白眼，嘴角陰陽怪氣的微笑，看著門口兩個人。

「鬼上身！」而且似乎上身已有一段時日了，情況非常危急，如果不速速處理，只怕阿本的魂識就回不來了。

他先退出幾步和阿泰來到長廊，正好就在303房的霧玻璃前，一瞬間，他感覺房裡有人正在窺探，一種不懷好意的壓迫感，讓他背脊冷汗直流。這房中一定躲了一個老鬼，只是他現在救人要緊，根本無暇他顧……

他們回到阿泰房間把門關上，在問清楚阿本姓名後，點燃了三柱香，先向地藏王菩薩敬拜，再向掌管此處地界的城隍與土地公稟告，最後點了一炷香，吩咐阿泰說道：「現在我去那房間處理你朋友的事。你在這裡待著，盯著這柱香千萬不能熄，這中間不管聽到什麼聲音都別出來，就算是我叫你，或是有人敲門，你也絕不能開。記住了，這柱香不能熄，門也不能開。聽懂了嗎？」

說完之後，阿弦便手持清香與金紙，向房間四個方位以清香畫符，手結法印，並在門上貼了一道符，因為他知道這房間出過事，有冤魂還未散，如果裡應外合，那後果不堪設想。他又抬頭查看了一下四周，見那與303房聲氣相通的洞口，透露著些許異樣，只怕隔壁的老鬼趁隙上了阿泰的身，所以爬上牆洞貼了一張符紙遮住。隨即召請天兵天將護持，在房間做了一個法壇結界，讓阿泰坐在中間，面前的金紙插了一炷代表阿本魂魄的香。

太陽快下山了，阿弦眼看時間無多，打開門準備走出去，臨行之際，忽然回頭叮囑阿泰說道：你千萬要記住，

等會兒不管看到什麼，都不要相信。

要相信你自己！

記住了嗎？我再講一遍，

你所看到的未必是真的，要相信你自己！

說完便關上門，此時走廊的燈瞬間熄滅，303房的霧玻璃一片晦暗，305房門正緩緩開啟……

阿弦一步步走進305號房，眼見天色已暗，窗戶玻璃一片漆黑，他打開日光燈開關，赫然見到窗上密密麻麻全是黑頭蒼蠅，霎時讓他感到頭皮發麻毛骨悚然……

他無法分清這是鬼魅靈幻，還是真有蒼蠅聚集，但他知道無論如何都不能心生恐懼，於是趕緊觀想池府王爺形象，一眼緊盯這不發一語卻怨氣深重的鬼。

此時敵暗我明，琉璃子又不在身旁，如果隔壁的老鬼也來助陣，到時分身乏術既救不了人，又讓自己身陷險境。因此心中思量已定，如果文的不行，那只好武的上場，召「白鱗法索」來相助，也是不得已的情況。

阿弦先開口問道：「你是誰？為什麼要附身在這人身上？他跟你有什麼深仇大恨？還是有什麼地方得罪你？只要你願意離開，我保證你的事我一定幫你處理！」

他說完卻依舊沒動靜，只是不發一語盯著阿弦看，而且雙手拳頭緊握，一副隨時要衝上來打人的模樣。

阿弦心頭沈思：「難道沒聽清楚我說的？」於是又問道：「你是不是有什麼心願未了？你說出來，我來替你想辦法，讓你能安心上路去到該去的地方。」阿弦只希望這靈體願意跟他溝通，只要肯開口，至少還有機會，還有化解恩怨的可能……

只是那靈體依舊不說話，一臉充滿敵意看著阿弦，無形的怨念越顯深重，背後的蒼蠅也蠢蠢欲動，這些都讓阿弦備感威脅，雖然他實在不想召喚「白鱗法索」，只因這鞭打下去，必會讓靈體魂飛魄散，永世不得超生。

眼看時間一分一秒流逝，一炷香的時間有限，再這麼耗下去只會賠上阿本魂識。最後阿弦喝道：「你若再不出離，條件開了又不願意跟我談，那我只好把你打出來，到時可不要怪我下手太重！」說完手結法印，默誦真言，一條「白鱗法索」已在手上，隨時準備化煞壓邪。

就在這陰陽對峙的節骨眼上，阿本房內的電腦螢幕突然亮了，一道白光出現，一行字體飛快出現在空白 word 上……

另一間房，就在阿弦走後沒多久，等待的阿泰眼看那柱香越燒越短，阿本房間卻一點動靜也沒有，但他又不知該如何是好，只能盯著香頭的幽茫，深怕突然熄滅……

就在這時，門旁的霧玻璃窗外突然多了數道影子晃動，讓他驚恐了起來，而且一陣腳步聲傳來，阿泰一聽緊張問道：「是誰？誰站在門外！」

「學長，是我啦！」是阿本的聲音。

「阿本？你怎麼出來了？」阿泰又驚又喜道。

「那人救了我，叫我趕快去你房間躲起來，你快開門讓我進去！」聽起來那房間的情況真的很危急。

阿泰趕緊走到門旁，正要伸手扭開門把時，忽然看到門的鎖頭沒扣，當下直覺有異：「阿本以前都是直接闖進，這次反倒有點怪怪的。」他心頭隱隱感到不對勁，腦中想起阿弦交代的：「你所看到的未必是真的，要相信你自己！」

阿泰也不應聲了，人後退了幾步，想起靈異先生曾在門口貼了一道符，如果是正常人大可自己走進來。

此時門外又喊道：「學長，你怎麼不說話了。快幫我開門，讓我進去啊！我兩手受傷流血了，痛得要命根本沒辦法開……」

阿泰一聽覺得好像有幾分道理，本來就是理工人重視眼見為憑的他，今日經歷了過去從未接觸的靈異世界。他對於阿弦是怎麼知道「林小雨」這名字感到好奇；也對他房裡傳來琴聲感到匪夷所思；還有一炷香就可以代表阿本魂魄更感到不解。阿泰不是沒有懷疑過：「我現在不去相信門外聽到的聲音，卻去相信一炷香可以決定阿本生死，這不是太迷信太可笑了嗎？」

「學長相信我，我真的是阿本！不然我有一個辦法，我走到霧玻璃旁，你打開窗戶看看，就知道是不是我了。」

阿泰一聽也覺得有道理，尤其霧玻璃外還有幾道鐵欄杆，就算不是阿本，他也進不來；更何況靈異先生只交代不能開門，沒說不可以開窗啊。於是他走到窗戶旁，果然看到一個像阿本身形的陰影，而且兩手撲在玻璃上，似乎還流著鮮血……

就在手要開窗之時，忽然一個聲音從303房喊道：「不可以開！」

阿泰一聽，這不是小雨的聲音嗎？隨即回頭對著牆壁脫口喊道：「小雨？」

「阿泰，你千萬不可以開！一開窗他們就全都進來了！」小雨的聲音像貼在洞口說道。

「他們是誰？」阿泰問道。

「他們是……」

忽然霧玻璃旁的阿本又出聲喊道：「學長，那小雨是鬼啊！你小心被她迷惑了，她會害你啊！」

阿泰想起小雨示現的夢境，那些翻轉如電影的畫面，從一個清純滿懷音樂夢的女孩，到一步步踏進墮落的深淵，變成在酒店陪酒嗑藥的毒蟲，最後選擇上吊結束短暫痛苦的人生，那臨死前心死哀怨的雙眼，像印刻一樣永停留在阿泰腦海中。

「阿泰，」此時小雨幽怨說道：「我確實是鬼沒錯，是在你房裡上吊自殺的女鬼，可是請你想一想，這些日子以來，我可曾經傷害過你？如果你真的那麼怕我，那夢中又為何要和我這麼親密？」

阿泰一聽，頓時震驚到不能言語。那個剛搬來時，常常入他夢中繾綣的女孩，果然是小雨。那個在夢中他怎麼也看不清的臉龐，最後看見的卻是小雨絕望的眼矇。

「阿泰，別相信她，她不但是鬼，而且還是個吸毒的鬼，鬼的話都不能信，更何況還是隻毒鬼？」窗外的聲音又喊道。

這樣一說，倒是讓阿泰立即警覺：「阿本怎麼知道小雨的過往，我又沒跟他提起過？」

「唉……」一聲小雨的嘆息，即使隔了牆，阿泰也能感受到這聲輕嘆的霜。忽然窗外的叫囂聲全都不見了，整個世界像真空一樣安靜，於此同時，阿泰驚覺那柱香頭即將燒盡，離香腳不到一公分的長度，這時房間的門突然開了……

就在阿弦和靈體在305房對峙，上身的鬼不打算出離阿本，而阿弦也準備動用「白鱗法索」之際，忽然桌上的電腦亮了，一行字飛快出現：「別傷害他，他只是有點重聽，而且剛剛被一個日本武士嚇到了！」

「日本武士？」阿弦馬上意會過來，是不動琉璃子！

「你是誰？」

「我是林小雨，他是以前這裡的房客。只要你保證不傷害我們，我可以讓他離開阿本。」

「好，我答應你！」阿弦眼看時間有限，救人要緊。

「還有你身後的女人，她也讓我們很害怕！」

阿弦轉身一看，原來是白蓮娜，他本來以為是琉璃子回來了，有些期待撲了空，臉上稍顯失落。

「幹嘛！召我來又一臉不開心，以為老娘很閒嗎？」白蓮娜沒好氣應道。

阿弦急急解釋道：「不是，我以為是琉璃子，剛剛我對她說了重話……」講到一半，突然又想：「我幹嘛跟白蓮娜說這些？」此刻辦正事要緊，趕緊說道：「小雨妳放心，她不會沒事去傷害你們的！」

阿弦了解白蓮娜與琉璃子個性南轅北轍天差地遠。白蓮娜是你召她，她都不見得想來幫你；琉璃子是你沒要她出來，她卻已經迫不及待來多管閒事。

白蓮娜聽了，又給阿弦一個大白眼：「我可不是閒閒『沒事』！**湖濱大飯店**的Party才剛開始，你這個愛煞風景的就召我來，來了又沒事！既然這裡沒我的事，我又不是你想等的人，老娘『有事』先走一步！」這話說得酸意十足。

就在白蓮娜轉身，踩著登登作響的高跟鞋要打道回府時，忽然又停下腳步小聲說道：「喂！愛煞風景的，你自己小心一點！我看你最近時運低，最好別太輕信這一屋子的鬼！」說完，就消散無蹤了。

此時，時間一分一秒流逝，阿弦只希望小雨用最和平的方式，儘快叫這位前室友別糾纏著阿本不放，他可以感覺阿本的魂識越來越微弱，就像是看到一炷香，即將火滅香盡……

這時從隔壁牆中，走出來一個留著一頭長髮，面貌清秀身材纖細的女人。她來到阿本身旁，原本吊著白眼充滿敵意，一副準備衝上來打人的靈體，像是擾動的湖水逐漸平靜。身體放軟了，眼神放下了，看著小雨嘴巴發出嗚嗚嗚，聽不太清楚的說話聲。小雨則像大姊姊安撫他說道：「好，小雨都知道，那不是你的錯！我都知道，大勇很勇敢……」

然後小雨牽起大勇緊握的手，拳頭鬆開了，一把水晶沙粒如瀑布傾瀉，一個黑濛濛的靈體從阿本身軀飄了出來，阿本也像洩了氣的皮球，整個人癱軟在地。阿弦趕緊將他扶起，再回頭時，那個叫做大勇的靈體已經不見了，只剩小雨看了阿弦一眼，在消散之前對他說道：「阿泰有危險了，請你……快去救他！」日光燈下，阿弦看著女鬼臉頰上的淚水，像水晶一樣晶瑩剔透，靈幻又哀怨地滴落……

阿弦攙扶著有氣無力的阿本，他已經好幾天沒進食了，虛弱地兩腳站不起來。他們走出長廊，正好撞見阿泰的霧玻璃窗外，好幾個呲牙裂嘴的鬼正抓著鐵欄杆，一會兒發出像阿本的怪聲，一會兒貼在牆上偷聽裡面的動靜。

他們一看到阿弦，全都嚇得落荒而逃，刺耳的鬼叫聲響遍長廊內外。這時阿弦打開房門，只見阿泰雙手護持著微弱的香頭，驚駭萬分地看著他們。

「你們……是人……是鬼？」

「快來救你學弟吧！再不救，他就要變成鬼了！」

阿本睜著虛弱的雙眼，一看是學長，還有一個陌生的男人，他像是在半夢半醒間，以孱弱的氣音說道：「學長，我……好餓噢！我想喝可樂……還有泡麵。」

阿泰直到此刻才鬆了一口氣，也對於經歷的異象感到詫異不已。他趕緊去張羅吃的，也不忘向靈異先生道謝，卻聽阿弦說道：「別謝我，要謝小雨，阿本是小雨救回來的！」阿泰一聽，又是驚訝到說不出話來……

趁著阿泰張羅晚餐的時間，阿弦動身到頂樓化掉屋內的金紙，答謝天兵天將來護持。看著鐵盆裡的火化成了旋風，有些飛出了鐵盆外，他忽然注意到那間鐵皮屋，裡面隱隱透著古怪。

「難道房東阿婆在裡面？」從鐵板門的縫隙看向裡面，赫然發現除了堆滿資源回收的瓶罐外，還有一張桌子，上面擺滿了各路落難神像。不管是佛祖、菩薩、濟公、媽祖娘娘、關公、法主公、天帝爺、三太子、福德正神、甚至還有他的主神池府王爺……有的灰頭土臉、有的褪了顏色，或是斷手斷腳殘缺不全，這裡簡直是落難神明的大本營，神光黯淡的臉上無不透顯著詭異。

阿弦有陰陽眼，看得見鬼。但神明如果不願意示現，他也看不見，眼下琉璃子又不在他眼眶中，也不知這些神明是否還帶有神光的感應。他直覺這些被房東阿婆順手撿回來的神像，一定還沒有做任何退神的處理。如果是這樣，只怕會有鬼靈入侵，帶來不好的影響。

他想起剛剛在走廊上撞見的那群鬼魅，還有白蓮娜說的「一屋子的鬼」。恐怕事情沒這麼單純，不禁擔心阿泰他們會碰上什麼麻煩，雖然門口有貼符嚇阻，但想想還是不放心，所以便趕緊下樓查看。

還沒進房間，便聞到整個三樓都是泡麵味，兩人也開始大快朵頤了起來，阿本幾口麵下肚神色稍稍恢復，阿泰也幫阿弦準備了一碗「滿漢大餐」，於是他們三人邊吃邊聊，阿弦說起阿本房中發生的事；阿泰則提到他一個人在房間發生的種種。而小雨也就成了這兩件事、兩個房間的唯一交集，最後阿弦推敲道：「看來小雨應該是知道整件事的來龍去脈，而且也願意與我們對話，我想她應該還在這裡，有可能就在隔壁房間……」

「所以靈異先生的意思是……」

「我們請她出來講故事吧！」阿弦喝完最後一口湯麵說道。

門徒

房間中，阿泰坐在書桌前；阿本身體還很虛弱，坐在靠牆的地上；阿弦則站在床旁，留下了中間的空間，上面擺了一張坐墊。阿弦開始招請道：「小雨，妳能聽見我說的話嗎？如果可以，請現身……」

此時房中一片無聲，三人聚精會神看著坐墊，卻沒有任何動靜。於是阿弦又開口道：「小雨，我們知道妳在這裡發生的事，也知道妳還有心願未了，希望妳能夠現身，告訴我們要怎麼幫妳，我保證絕對不會傷害妳！」

還是一樣，坐墊一點動靜也沒有。阿弦看看房間四周，心頭想道：「難道是因為門口和牆洞都貼了符，所以不敢進來？」剛剛他聽阿泰說小雨隔著牆，提醒他別開窗，想來她知道這房間有符令結界，所以才讓陰鬼不敢越界。但阿弦之所以仍不願撤下符紙，就是因為敵暗我明，不知道這屋子還有多少鬼靈作祟……

此時他掏出兩個十元硬幣問道：「小雨，妳是因為符令的關係，所以不敢現身嗎？」隨後一擲，一正一反，有筊！

這下讓阿弦陷入兩難，他雖自持有法印護身；但阿本才剛回魂，最是陽火虛弱的時候；而阿泰被鬼跟了一段時間，時運低又與小雨磁場相近，只怕她對阿泰別有企圖……

就在他擔心小雨會不利阿泰時，忽然隔壁房傳來一聲輕嘆。阿泰一聽，正是小雨，於是趕緊說道：「小雨是妳嗎？」

阿弦也緊盯著白牆，等待小雨回音，久久之後隔壁傳來一女子聲音說道：「你們的好意，我心領了。但既然人鬼殊途，你那朋友又陽火旺盛，我可能不方便出來與你們相見。」

阿弦聽她肯開口，至少事情有轉圜餘地，趕緊說道：「那也沒關係，我們就隔著一道牆，這樣也許對大家都比較好！」

阿弦遇過太多這種情況，也明白人鬼相見，不是想見就能見，尤其是在被「點破」以後。阿弦明白小雨可能對阿泰懷有某種情愫，所以才願意開口提醒阿泰；又在他懷疑別有企圖時，輕嘆作聲。而此時小雨也明瞭，阿泰已經知道她是鬼了，過往夢中的模糊身影，在真相被點破後的現在，更叫小雨不願讓他看見……這樣的自己。

「避不見面，也許對大家都好吧……」阿泰和小雨，內心大概都這麼想！

「妳是以前住這裡的房客，大勇是以前住阿本那的房客，對吧？」阿弦問道。

「是的。」小雨隔著牆，小聲說著。

「那你們中間的房客又是誰？我感覺他房裡有一些古怪，是不是在用邪術吸人精魂？還有為什麼你和大勇仍留在陽世間，難道沒有家人為你們超渡嗎？」阿弦有太多問題想問小雨，便藉這個機會一股腦地脫口而出。

此時隔壁房的小雨久久不語，阿弦一驚，只怕這些問題嚇到了她。心中悔道：「果然人時運低不只是會做錯事，還容易說錯話。早上才罵跑了琉璃子；又氣走了白蓮娜；現在只怕又要嚇跑小雨！」

正要上前賠罪時，忽然隔壁房的小雨開口說道：「大概是在五六年前，那時我剛來這裡租房子，因為之前一直住學校宿舍，畢業後也習慣這裡的環境了，所以便想留在這一邊找工作，一邊幫忙學校社團的事。

因為那時是暑假期間，學生都回去了，所以搬來這後，整棟樓幾乎沒什麼人，除了房東阿婆有時會來資源回收外，就只有住我隔壁303的房客。」

阿泰和阿本一聽都覺得奇怪：「房東不是像流氓的大叔嗎？什麼時候變成阿婆了？」

「我當時只知道隔壁有住人，因為半夜常會傳來敲鍵盤的聲音，還有看見牆上洞口的微微燈光，與霧玻璃外會有人走過去的影子，但我幾乎沒和他碰過面。因為我也是個夜貓子，下午常在社團玩音樂，晚上會在房間彈琴譜曲唱歌，我很怕我的琴聲和嘶吼的歌聲吵到他，有一天我寫了一張小紙條從他門縫塞進去，上面寫說：「你好，我是隔壁的新房客。如果半夜有吵到你，還請你見諒，我會儘量小聲的！302房留」，然後就出門了。

晚上回來時，我特別留意了一下地板，沒發現任何紙條，也不知道隔壁房客看了作何感想，這時忽然發現牆上的洞口，一條紅色緞帶繫著一張卷起來的紙，上面寫道：「不會吵，很好聽，妳的音樂和歌聲帶給我**創作的力量**，一起加油噢！303房留」。我看了才鬆了一口氣，也覺得很幸運，能遇到喜歡我音樂的好鄰居。

有一天深夜譜曲到一半，門外傳來了叩叩兩響，打開門是一個沒見過的男生，有些不修邊幅像是一個藝術家，但又感覺是個溫和的宅男。他扛著一架鋁梯說道：「我是隔壁303的房客，妳的日光燈好像壞了好幾天，剛剛去樓上曬衣服發現有梯子，我的房間又剛好多一根燈管，所以想問問看……需不需要我幫妳換！」

他的熱心讓我嚇了一跳，抬頭看看日光燈確實閃了好幾天，因為找不到人幫忙只好放著它不管。我看他似乎沒什麼惡意，也不好意思讓他白白拿梯子下來，就站在門口看他換。

換燈的時候，我們小聊了一下，他說他叫呂子春，朋友都叫他驢子，是畢業好幾年的學長，因為熱衷於小說創作，所以畢業後仍續租原來的房間，每晚聽到的鍵盤聲，就是他創作的時候。他的作品寫的是年輕人對夢想的嚮往，鼓勵人逐夢的勇氣。他固定每晚十二點在PTT上po文，並持續將作品投到各出版社，就看哪一家出版社是他的伯樂，一眼看出這隻驢子其實是一匹千里馬。

我一聽開心極了，原來他跟我一樣，都是有夢想的人，從那天以後我們漸漸熟了，也就成為無話不談的好朋友。常常在深夜的晚上，我創作音樂時，看見牆上那一個亮著光的洞口，頓時就會覺得倍感鼓舞，感覺創作路上並不孤單，一路上都有一個懂你的人默默守護，陪你一起走。

我想他也是這樣想吧！有時那個洞口會用緞帶垂掛著加油的字條，或懸著他買的零食。那個小小的洞口成為我與他唯一的通道，是專屬於我們之間，平行交會的夢想連結。

後來快開學了，最裡面的那間305房搬來了一位新房客，在搬家時我和他打了照面，看上去是一個有點怪的大學生，不愛理人也不講話，跟他打招呼也不甩你，臉上就是一副冷冰冰斜眼看人的表情，感覺是個防衛心很重的怪咖。因為我和驢子都算是不務正業的創作人，日夜顛倒的作息再加上我半夜的飆歌聲，我想沒有一個正常的鄰居會受得了，所以心裡也很好奇這位怪房客可以撐多久？

後來有一天，意外聽到驢子房裡傳來了說笑聲，可是仔細聽另一個人的說話口音很奇怪，我去到他房間，竟然是那位大學生。原來驢子在PTT上發表小說，而這位大學生是他的頭號粉絲。有一天驢子寫了一篇以自己房間為題材的小說，他越看越覺得跟現在住的房子很像，而且從IP位置來看，他懷疑隔壁的房客就是他很崇拜的作家，因此丟了水球給驢子，沒想到搭上了線，也意外成為我們的好朋友。

他叫周大勇，是一個有點重聽的大一新生，必須要戴助聽器才能與人溝通，也因此他變得很自卑不喜歡與人說話，漸漸將自己封閉起來。但網路上無聲的虛擬人生，對他來說才是最感到自在的世界。喜歡在網路上大量閱讀的他，一眼就看出驢子寫作上的才華，對他來說閱讀驢子的文字，彷彿是心靈上的救贖，讓他這副有殘疾的身體，瞬間像是有副衝向天際的翅膀，可以充滿勇氣去追求夢想。因為對於文字的傾慕，大勇竟然破天荒地勇敢走出長久封閉的世界，走進真實的友情人生，並因為結交了生命中第一個朋友而開心地笑了。

於是每一個晚上，這三間房就像是一個夢想的補給站，我的音樂與歌聲經由牆上的小洞，灌注給驢子創作的力量；他將小說經由無形的網路散佈，也彷彿經由牆上那個洞，灌注給大勇面對現實的勇氣。

我很慶幸在畢業後能交到這樣知心的好朋友，對於驢子在拮据的生活中，仍能抱持對生命的熱情感到仰慕，並在心底對他起了愛戀之心。一直以為這樣追逐夢想的生活可以持續下去，直到偉哥搬進來住之後，才發現這樣微小確切的幸福，正在迅速瓦解中……

偉哥搬來的時候也像現在一樣，久久才住上幾天，他給我們的感覺就是在江湖打滾多年的人。回來的時候總是深夜，總有一票奇怪的人來找他，總在他房間聚賭，整夜不睡覺地大聲喧嘩。因為在一般房客眼底，我和驢子日夜顛倒又擾人清夢的作息，實在算不上是好房客，因此有偉哥這樣的鄰居，我們也沒什麼好抱怨的。偉哥真正和我們的生活有交集，是他搬來這裡的半年後，而他最先找上的人是驢子。

那是年底快到學期末的時候，房東阿婆上來找驢子，要他趕快繳清拖欠的房租，不然就要趕人了。像驢子這樣完全靠寫作維生的作家，經濟來源一直是他的最大問題。雖然他的確有幾本書在租書市場流通，並且也努力投稿出版社，但整個大環境的不景氣，讓他一直沒有穩定的收入。他在門口拜託房東再寬限幾天，他會去想辦法籌錢的，而且都租這麼多年了，在過年前趕人也太不近人情了。

那陣子偉哥剛好回來住，在走廊聽到驢子的事，突然很阿莎力地說要幫忙繳清房租，這對捉襟見肘的驢子來說簡直是一場及時雨，雖然他一開始先回絕，畢竟他跟偉哥真的不熟。但偉哥只說：「沒關係小兄弟，出外人就是要彼此幫忙！這筆錢你就當我先無息借你，以後有機會再慢慢還就好！」對於當時已走投無路的驢子來說，他真的很感謝偉哥的慷慨和熱心。

後來驢子也就慢慢和偉哥熟了起來，知道偉哥是在台北作傳播事業的，感覺背景很罩人脈很廣，認識許多娛樂圈的名人。他們常一起出去吃宵夜，偉哥也介紹朋友給驢子認識，逢人就說：「這個驢子是小說界的明日之星，未來一定會超越**九把刀**，我現在要全力捧紅他，我可是他的經紀人啊！你們不要搞不清楚狀況！」那些朋友一聽，也對驢子稱兄道弟了起來，驢哥長驢哥短的，熱絡地不得了。那時，驢子真心以為自己的機會來了，多年的**懷才不遇**就在等一個貴人的提拔，這匹千里馬總算遇到了賞識他的伯樂。

因為要打進偉哥的圈子，所以不免俗地從未在社會上走跳的驢子，也開始學會要跟人交陪應酬。他跟著偉哥上牌桌，手夾著菸東南西北暈頭轉向打了好幾圈；他跟著偉哥上酒店，手中的酒一杯一杯沒停過，玩遍各種臉紅心跳的縱慾遊戲。於是，303房半夜敲敲打打的鍵盤聲近乎絕響；301房整晚嘩啦嘩啦的洗牌聲不絕於耳。那一個專屬我和驢子間的洞口常是一片漆黑，夢想的燈不知何時被關上了，對大勇來說更是切斷注入勇氣的泉源，他感覺他離生平第一個也是唯一的好朋友，越來越遠了……

大勇本來就不喜歡偉哥，甚至是有點懼怕他，大勇單純無害的小世界，天生不會和偉哥的複雜城府有交集。就在驢子和偉哥越走越近後，大勇那扇曾透露著些許陽光的窗，又重新被黑暗所封閉。而我那時還看不清偉哥的真面目，也為驢子遇到貴人感到高興。只見驢子談起偉哥兩眼盡透露著崇拜羨慕之情，就像一個長年在山中的苦行僧，偶然來到了目眩神迷的花花世界。

那是一個什麼樣的世界呢？那是一個賺錢很容易，只要懂門道、夠帶種就可以賺到錢的世界；那也是一個你不賺自然有別人搶著賺的世界；那更是一個你要在適當時機心狠手辣才能賺到錢的世界。我曾經問過驢子：「你不再寫小說了嗎？」當時他說他想寫一本關於社會黑暗面的小說，正在涉略這方面的題材，等素材蒐集到位後，就會慢慢脫離這酒色財氣的圈子。

後來偉哥聽說了這件事，也非常鼓勵他朝這方面去創作，偉哥說這行有太多不為人知的辛酸，還常被一些假道學之人攻擊抹黑，正需要驢子替他們發出正義之聲。後來有一天，偉哥對驢子說道：「你既然要寫這方面的題材，那你一定要試試看這個，也許會讓你更有靈感。」接著掏出一包用夾鏈袋包好的白色結晶體。

「這是什麼？」驢子問道。

「K他命，在我們道上的行話叫褲子。」偉哥也實說道。

「這不是毒品嗎？」驢子一驚，看著這一小袋。

「毒品？你也太看得起它了！這玩意兒連三級都算不上，吸了不會成癮，被抓到了也不會有前科，頂多去上上課，交交新朋友。」偉哥不以為然說道。

「我給你這個，不是要讓你成為毒蟲，而是要你體驗人生。全台灣你知道有多少人在嗑這個嗎？你知道我是多少藝人與名人的藥頭嗎？他們是白癡嗎？他們為什麼敢吸，就是因為這頂多跟抽大麻一樣，讓你更 high 卻不容易上癮。我可沒叫你天天吸，這就跟抽雪茄一樣，感覺到了就來一管，這才是懂享受的人生啊！」

驢子當場就被說服了，而且馬上來一管試試，在偉哥專業的指導下，這感覺簡直是他媽的有夠爽！

後來在領教了K他命助興的快感後，驢子的胃口也越養越大，雖然偉哥說了沒叫他天天吸，但那一小包哪夠他塞牙縫，可是不巧偉哥在專業指導後的隔天就閃人回台北了，電話也聯絡不上，搞得驢子心癢難耐，渾身六神無主，每天殷殷期盼著偉哥趕快回來……

就在某一晚深夜，樓梯傳來了響亮的皮鞋聲，301房的門開了。驢子幾乎是用衝地來到偉哥房間，一見面就是偉哥長偉哥短地熱絡巴結，雖然偉哥早知道驢子是為了什麼事而來，但卻不動聲色裝作什麼都不曉得。最後驢子只好開口求道：「偉哥，還有沒有幾條……褲子可以借我穿？」

這時偉哥看了他一眼，只說夜深想睡了，明天下午三點再來找他。驢子哪敢說不，只好悻悻然地回到房間，眼巴巴盼著明天下午趕緊到來。

到了約定的時間，偉哥先讓驢子去確認這排房間都沒人後，在驢子又提到「褲子」後，才從上鎖的的保險櫃迅速拿出一包白色粉末，在他面前晃了晃說道：「褲子，只是凡人在穿的；這個，才會讓你爽到脫褲當神仙！」

「這個是……」驢子滿眼驚道。

「有聽人家說過這個吧！」偉哥比了一個「四」的手勢。也不枉驢子這幾個月的混跡江湖，耳濡目染間也知道「四號仔」就是傳說中的白粉，鼎鼎有名的「**雙獅地球標海洛因磚**」。

「我就老實跟你說吧！『褲子』只是幫你打通人脈，跟小朋友玩玩可以招待這個當點心嗑。你真的想賺大錢，還是要靠『四號仔』，這才是端得上檯面的國宴！」

『門徒』這電影你看過吧！驢子我跟你說真心話，我看你是塊料，才拿這給你。我現在要找的就是門徒，只要你不是臥底的鴿子，我保證你可以賺到像我一樣……」他打開保險櫃的門，只見裡面放了幾支鑽錶，好幾綑的美金台幣，還有幾塊海洛因磚，與分裝成數小包的夾鏈袋。

「驢子，你自己考慮看看吧！你真的很有才華，可是寫小說能賺到多少錢？寫小說能幫你付房租、上酒店、開名車嗎？可是，這玩意兒可以啊，你自己想想吧！我也不給你壓力，只是如果決定要跟我，那入行有入行的規矩，在我面前吸了它，才算是入我這行的『**投名狀**』！」說完，偉哥拿出了錫箔紙、吸管和打火機，攤在驢子面前……

那一天下午，驢子癱軟在偉哥床上，那時我剛好面試資料忘了拿，回來房間一趟，就在我從房間走出來，高跟鞋聲在走廊上迴盪時。我聽到301房傳來偉哥問道：「302房那個正妹回來了，她是你女朋友嗎？」

「誰？」驢子像喝醉了一般醉語迷濛說道：「她不是！」

我無聲走過，剎那間才真正感覺到，我離那一個認識的驢子越來越遠了……

* * *

小雨話說到這，阿弦和在場所有人，也知道接下來會發生什麼事了。尤其是阿弦過去曾深陷毒品囹圄，知道一旦沾惹上這白色粉末，就像是被猛鬼纏身，那種為了再吸一口的毒癮是會穿筋透骨的，為了這欲念什麼壞事都幹得出來，而且是一輩子難以脫逃毒品的蠱惑。

而阿泰則已猜出偉哥對小雨別有企圖，正如那夢境的示現，一開始花言巧語把人捧得高高地，編織出令人目眩心迷的美夢，然後再一步步勸誘餵食毒品，讓小雨沈淪在出賣靈肉與無盡吸毒的深淵，最後受不了身體毒癮與心靈墮落的她，終於夢醒了，也夢碎了，選擇上吊自殺解脫人世間的苦痛……

當然小雨沒有提起自己的事，事實上那段示現的夢境也只有阿泰知道，阿弦就算是藉由「琉璃子之眼」，也只能看到文字中的景象，對於中間那段不堪回首的過往，成為了只有小雨與阿泰之間**不能說的秘密**……

小雨又開口說道：「在驢子跟著偉哥一段時日後，他也發現其實偉哥誰都不相信，他只信海洛因。他幾乎居無定所，沒有人能夠確切掌握他的行蹤，但驢子知道他在全台灣很多大學城附近，租有像這樣的學生套房，那些看似單純的房間，幾乎成了他放置毒品的「倉」，並且趁機吸收很多學生成為他的「手」和「腳」……

所謂「手」有點像是直銷的下線，他如果看這個學生朋友多人脈廣，反應機靈油嘴滑舌，愛玩又想賺錢，他就會佈下K他命的餌，讓他成為學生圈子中的小藥頭，理所當然也就成為偉哥的下線。「手」就是打通關，把藥銷出去的人。

那如果是朋友不多，但看起來忠實可靠，聽命行事的人，偉哥就會把他收編作「腳」。「腳」的意思就是運送毒品，把藥帶進來的人。對於「腳」，偉哥是很挑的，他曾經說過：「手不聽話，那就剁了，沒了手，還可以跑；但沒了腳，那就穩死的！」因為偉哥的貨源有泰國也有大陸，一定要靠「腳」帶進來，如果被抓了，這「腳」夠不夠忠心？會不會把自己給咬出來？就算順利帶進來，這「腳」會不會倒打自己一把，來個黑吃黑？這誰都不能夠保證。

因此，偉哥確實觀察了驢子好一陣子，發現驢子正如其名，是一隻很好的「腳」，沒有前科、背景單純、未出過社會、又對自己忠心耿耿。但只差一樣東西，就完全符合偉哥要的條件，那就是施打海洛因上癮。

偉哥只相信海洛因！

他相信海洛因可以完全改變人的心性，可以藉由海洛因去控制住一個人，可以讓他六親不認，要去砍誰就去砍誰，因此作為他最忠實的「腳」，一定要施打海洛因到上癮。他不在乎「腳」會不會因吸食海洛因過量而成為一個廢人，因為在偉哥的觀念裡，「手」跟「腳」都像是免洗餐具，該換就換，而且必要時還可以廢物再利用……

驢子經過了幾次任務的考核，如指定到某某大學的「倉」，交幾條「褲子」到某某「手」上，或是深夜幾點去某某碼頭的幾號倉庫的第幾貨櫃驗貨，幾次行動下來，偉哥發現驢子不只是忠實可靠，而且膽大心細又守口如瓶，也就越來越得到偉哥的器重，相對的毒癮也就越來越大。但驢子雖然忠實，可是他並不傻，他也知道偉哥處處提防著他，總有些事不讓他知道，而且因為自身毒癮重的關係，他會在點貨時神不知鬼不覺地暗槓一點，一方面備著以後自己用；一方面等待適當的機會……

就在某一日，偉哥要回台北前對驢子說道：「泰國有去過嗎？過幾天帶你去泰國度個假，找幾個泰國妹幫你洗澡，好好放鬆一下。」然後就在轉身要走之時，突然想到什麼對驢子說道：「啊對了，你有在拜拜嗎？去之前，最好先拜一下，我們這種賺偏財的，可不能不信邪啊！」說完，從懷中掏出一副陰牌，神秘兮兮說道：「這就是我的守護神，我靠祂趨吉避凶，而且越做越旺。這次去泰國，也有一半是因為祂的關係……」說完，詭異地笑一笑就走下樓梯了。

驢子雖然跟偉哥一段時日了，卻不明白他說這話的用意，倒是驢子的確有在拜拜，而且就是拜這房子樓梯轉角的白瓷菩薩像。那是好多年前，做資源回收的阿婆，不知從哪裡撿回來的，白色的陶瓷臉上畫了五官，一臉似笑非笑的模樣。阿婆還買了一張神桌，一對神桌燈，煞有其事地燒香禮拜，然後驢子也跟著早晚進出門都拜一下。說也奇怪，以前驢子拜求出版社能收他小說，結果都毫無下文；倒是跟了偉哥以後，每次出任務前拜後總能逢凶化吉，順到不可思議。

例如有一次深夜去送貨，剛好遇到臨檢，驢子看前面的車被檢查得滴水不漏，又卡在車陣裡心想完蛋了，車上可是有兩大塊的海洛因磚啊！就在快要臨檢到他時，前車駕駛居然發起酒瘋，而且還打算襲警奪槍，現場亂成一鍋粥，警察只好叫後面的車先走，順利讓他逃過一劫。

像這樣的事太多了，驢子雖然也覺得怪怪的，畢竟他知道自己走的是歹路，神明怎麼可能會去保佑他，拜拜也只是求個心安，但沒想到不只心安，人更安，讓他覺得天生命定要走這條路，步步走來如有神助。

就在他要去泰國前一晚，他又到了樓下，虔誠地上香拜拜，祈求菩薩保佑自己這趟出遠門能平安無事。那一晚，驢子做了一個夢，夢到這尊菩薩身旁有一個穿黑道袍的男人跟他說：「這一趟出門，你會有危險，但我可以保佑你平安無事，條件是回來以後，你要把我的金身供在房間裡，對你日後自有助益。」

隔天驢子醒來後，這個夢記憶猶新，出門前特意再三敬拜，並在菩薩前保證信守約定，便匆忙出發去桃園機場和偉哥碰頭。

驢子到了泰國才發現，原來偉哥的泰國話講得還真溜，偉哥說他其實是泰北孤軍的後代，他媽媽還是泰國人，所以從小母語就是泰文和中文。他們先去靶場，偉哥讓生平沒開過槍的驢子打了好幾發彈匣，並笑吟吟意有所指說道：「到泰國當然就是要玩槍，不然要幹嘛！」

接著他們去拜會幾個偉哥在泰國的朋友，出發前偉哥在旅館交給驢子一把槍說道：「收好，這裡不比台灣。這期間你就充當我的保鏢，他們可不是下三濫的毒販，都是殺人不眨眼的毒梟！所以罩子放亮一點，雖然大家都是朋友，但就是朋友才會在你背後開槍，知道嗎？」偉哥說這話時，直盯著驢子眼裡看。

他們來到一處豪華卻又戒備森嚴的別墅，偉哥似乎與這豪宅主人是舊識，兩人以泰語相談甚歡，驢子因聽不懂泰語，一路上都是板著臉，不用介紹也知道是偉哥心腹。之後偉哥和主人走進書房，交代驢子在外面等，驢子看著這座華美宅邸，心想自己要賣多少白粉才能過上這樣的人生，但現在寄人籬下就算有白粉也無處賣。他又想到自從跟著偉哥後，似乎也不再寫作了，明明這種刀口舔血的日子，每天都是拍案叫絕的創作題材，但不知為什麼，吸毒後的手，就再怎麼樣也寫不出來……

到了晚上偉哥帶驢子去花天酒地，自是不在話下，之後的幾天大概都是如此，這中間當然也談了幾筆買賣，但偉哥全以泰語溝通，事後也不說談了什麼，想到夢中那男人所說：「這一趟出門會有危險！」驢子更是一路上繃緊神經不敢大意，有時毒癮一來，又不能馬上來上一管，這趟泰國行似乎比在台灣還要折磨人。

一直到幾天後的夜晚，偉哥叫了車卻不往紅燈區走，似乎另有盤算，兩人來到了一處像是貧民窟的地方，沿路都是乞丐游民與毒蟲，睜著佈滿血絲的雙眼看著他們，只聽偉哥在車上說道：「驢子，你看過鬼嗎？」說完掏出陰牌冷冷看著驢子，此時車停在一處老舊陰森猶如廢墟的屋子，鐵卷門上有著詭異的宗教塗鴉，以及不知是經文還是泰文的字，還有一些不堪入目的英文，其中一組字是驢子認得的：

Haunted house!
DO NOT ENTER!

他們上了樓，走在一條深邃幽暗的木頭樓梯，牆上一盞昏黃壁燈，這情景有些像是驢子租的房子，只聽走在前面的偉哥說道：「這裡在十多年前曾經是賓館，有很多妓女在樓下拉客，後來有一個晚上，這賓館的301房住了一個殺人狂，在他連續殺了好幾個穿紅衣的妓女後，這房子就開始傳出鬧鬼的靈異事件，後來也就成為無人敢住的鬼屋。」偉哥邊走邊若無其事地說著，走在後面的驢子卻感覺情況不妙。尤其這趟出門偉哥交代不用帶槍，更讓他隱隱感到一陣不安……

「但我認識一個懂降頭術的法師，在泰國稱他們叫阿贊，他會養小鬼、煉屍油、做陰牌這些邪術，雖然邪門，但絕對讓你有求必應。而他們修行的方法也很特別，別人避之唯恐不及的凶宅，卻是他們修行的道場。」這時他們已走上樓，來到一個看似把所有隔間打通，外窗全用木板封起來，四周點滿蠟燭的道場。

一個膚色黝黑瘦骨嶙峋，上半身滿是經文鬼頭刺青，留著一頭白髮白鬚的老人盤坐在地，一個像是弟子的助手站在一旁。他們身後的神龕全是一個個青面獠牙，猶如妖邪的魔物，其中不乏幾個乾癟縮小的人頭，風乾的臉上還有幾根生長的毛髮，樣貌甚是嚇人。前方則擺了一個黑色圓鍋，裡面還倒了像油一樣的液體……

偉哥很虔誠恭敬地雙腳屈膝，幾乎是五體投地向法師膜拜頂禮，然後取下頸上的陰牌，交給法師。法師則開始念了咒文，邊念邊用力將陰牌往石板上一敲，外面的壓克力裂開了，取出裡面一塊烏漆嘛黑的東西，將它浸在油鍋裡，並像施法般開始焚香念咒。

這時，恭敬跪坐一旁的偉哥，雙手合十全神貫注地看著儀式進行。驢子則站在他身後，不明白這其中緣由，過了許久，法師將那油膩膩的東西撈起，和弟子走到另一個房間。偉哥才緩緩改為席地而坐，並要驢子坐在一旁說道：「剛剛我陰牌裡放的，你知道是什麼嗎？」

驢子搖搖頭，不過他知道那一定不是什麼正常的東西。果然沒錯，只聽偉哥說道：「是我未出生兒子的屍骸……」

不管驢子臉上一駭，偉哥又繼續說道：「我年輕的時候在泰國和一個女人有過孩子，可是後來我才知道，她曾經背著我搞上別的男人，我一怒就把她殺了，當時她已有孕在身，但孩子是無辜的，因此我把孩子的屍骸留在身邊，就像是泰國的英雄坤平將軍一樣。」

「坤平將軍？」

「嗯，他是泰國驍勇善戰又會法術的戰神，有一次他在一怒之下把妻子給殺了，並取出肚中嬰孩的屍骨佩戴在身上，用法術讓他成為**古曼童**，也就是靈童，保佑自己連戰皆捷，逢凶化吉！」

驢子一聽，簡直是不敢相信自己的耳朵，這種泰國恐怖片才會有的情節，竟然發生在自己身上，偉哥根本就是個喪心病狂的瘋子。此時偉哥又繼續說道：「但是養古曼童，雖然他能讓你有求必應，但相對地也要讓他吃個飽，如果吃不飽他就會反噬主人，為你帶來可怕的後果……」

「你知道這鍋油是什麼嗎？」偉哥指指前面的圓鍋問道，然後又迫不及待地說：「是屍油！」

「屍油？怎麼弄來的？」驢子驚問。

「哎，這裡是泰國啊！隨時都有人會莫名其妙地死掉，這麼大的地方，要處理一個人並不難。而且事實上，這個屍體還是我認識的人……」

此時驢子已經覺得氣氛不對勁了，他感到一股迥異的壓迫感，像是喉間架了一把刀，讓他快不能呼吸。偉哥仍自顧自地說道：「以前這個人，也是我的手下，是我很得力的『腳』，卻被我逮到手腳不乾淨，點貨的時候常偷斤減兩。我起先想給他一次機會，他卻還不肯承認，甚至事後想找條子對付我。那時，剛好我的古曼童肚子也餓了，於是我便帶他來泰國，請阿贊來幫我處理這件事。」

話一說完，偉哥看著驢子不發一語，那冷峻的目光讓人膽顫心寒。此時驢子不知是毒癮發作產生幻覺，還是自己真的見鬼了。他感覺面前的人，已經不是偉哥了，甚至已經不是人了，而是神龕中的妖邪，青面獠牙的魔頭。就在這極度驚恐中，他忽然感覺背後有人靠近，一回頭瞬間一個針頭注入頸部，只覺得眼前人影越來越模糊，周遭人聲越來越遙遠，直至兩眼一閉，眼前一黑，一切俱歸於昏沈……

等到他醒來時，先是聽到一陣泰語，兩眼迷迷濛濛間，看到偉哥與法師的弟子在閒聊，而他似乎還在這詭異的道場，一想到剛剛被針頭襲擊，驢子瞬間清醒怒道：「我發生什麼事，剛剛為什麼……」手一摸後頸，忽然看到自己手臂上有一片殘留細小血孔的刺青……

「這是……」他驚道。

「驢子你剛剛癮上來了，可能是最近太累，還產生一些幻覺，大吼大叫地，阿力給了你一針，讓你舒服一點，後來你就睡著了！」說完，一旁法師的弟子阿力雙手合十向驢子點頭致意。

「我又怎麼會刺青？這是什麼？」驢子看不懂他手臂上所刺的東西。

「那是**五條經文**，有阿贊的念咒加持，可以保佑你以後遇到麻煩逢凶化吉。」說完，偉哥走了過來，來到坐在地上的驢子面前，將一塊陰牌項鍊，掛在驢子胸前。

驢子低頭一看，壓克力的陰牌裡面不是嬰骸，而是一個稻草扎的小人，裡面還浸潤了一些黃色液體，不用問也知道是什麼。

這時偉哥語氣平和說道：「驢子，你跟我這麼多年，經過這儀式，今天才算是真正作我的**門徒**。我知道你是塊料，我是不會看錯人的，只要你做事盡本份，對我忠心不二，有一天我台灣的生意一定交給你處理！到時我在泰國，你在台灣，我們削光那些毒蟲闊佬的錢！哈哈哈……」

驢子看著臂上的刺青，還有胸前的陰牌，剛剛的恐懼還餘悸猶存，現在對於偉哥說的話都半信半疑了。這時偉哥又說道：「我知道你是一個事業心很強的人，我們鋌而走險拼了老命販毒，難道不就是為了能過上好日子？你相信偉哥，我再做也沒幾年了，以後是你們年輕人的天下，我現在只想找個信得過的人，等退休後身上有幾千萬，過我泰國朋友那樣的別墅人生。說實在話，你不也是這樣想？」

偉哥這樣一說，驢子突然一驚：「他怎麼知道我在想什麼？」

這時偉哥又說道：「別胡思亂想了，我們明天就回台灣！以後你想找泰國妹洗澡有的是機會，哈哈哈……」說完面無表情地看了驢子一眼，便往樓下走。

驢子看著偉哥的背影，忽然有一種不真實的感覺，他懷疑從剛剛被扎針到現在都還在夢裡，或是自己其實已經死了都不曉得。此刻他還不知道，回到台灣才是夢魘的開始……

驢子回到台灣後，第一件事就是答謝菩薩保佑，對他來說在備感威脅的異國，跟著喪心病狂的瘋子，經歷了九死一生的遭遇，更加相信夢中男人所說的：「這一趟出門，你會有危險，但我可以保佑你平安無事，條件是回來以後，你要把我的金身供在房間裡，對你日後自有助益。」

他出了一筆錢，向房東阿婆說要買這尊菩薩在房間拜，阿婆雖然搞不清楚以前窮到沒錢繳房租的驢子，現在怎麼變有錢了。反正白花花的鈔票送到手中，哪有拒絕的道理，連同一對神桌燈都賣給驢子了。

就在神位安好的第一晚，他做了一個夢，夢中一樣是站在菩薩旁的黑道袍男人，一臉神色嚴厲地對他說道：「你把泰國的鬼帶回來了！」

驢子當然覺得比起邪門邪路的陰牌，還有看不懂什麼字的五條經文，當然還是床旁的菩薩塑像來得親切，而且才真的可以保佑他。所以他早晚上香，甚至吸食海洛因前也不忘先當供品敬拜。至於那塊陰牌則收到抽屜裡，只有跟偉哥見面時才不情不願戴上。

雖然是這樣，但他還是覺得從泰國回來後，這房間就怪怪的……

他覺得房間裡有鬼！

有一晚深夜，他在注射完海洛因，躺在床上享受那升騰湧現的快感時，抬頭一看，竟然看到一個紅衣女鬼站在門口。還有一晚在睡夢中他忽然聽到抽屜傳來陣陣碰撞聲，他好奇打開抽屜查看，只見那塊陰牌不斷晃動，像是裡面的草人想掙脫出來。他常常會以為是自己藥嗑多了，漸漸產生幻覺，連夢境跟現實都分不清了。

直到有一晚，他從外面回來，站在門外的他聽到裡面傳來說話聲。一個熟悉的男人聲音說道：「大家都只想找個安身立命的落腳處，有香火供養又能修行精進，你們把他逼死了，這樣對大家都沒好處。」

另外一個低沈的男聲說道：「這我不管，我既然死在偉哥手裡，這傢伙現在跟著他，我就要抓這人做交替，不然我不甘心！」

「既然你要抓這人做交替，那你帶一個泰國女鬼回來幹什麼？」

「這可不干我的事，是這泰國妞看上他，要跟著他回來的。反正你以前是道士，你也知道人有三魂，我們各拿走他一魂就算結案。到時你雖沒人供養，但取人魂魄也讓你功力大增，對你修行還是有好處！」

「誒，害死你的人是偉哥又不是驢子，你不去找偉哥，卻找上他要幹什麼？」

「哼，要不要報仇是我跟偉哥的事，就算對付不了他陰牌裡的小鬼，但要取這跟班性命卻綽綽有餘！反正我就是看這人不順眼，他的命我是要定了！你要是敢多管閒事，對付你這毒蟲，我和那女鬼用泰國邪法，保證讓你連鬼都不能做！」

「哎，兄弟有話好說！頂多在他死之前，我不出手，這樣總行吧！」最後那個熟悉的聲音妥協說道。驢子頓時想起說話人正是夢中的黑衣人，趕緊開門一看，室內鴉雀無聲，一對血紅色的神桌燈，映照菩薩一臉似笑非笑。

除了房間鬧鬼的問題外，驢子也發現他越來越無法抗拒偉哥，甚至是快要沒有自己的想法與主見。回來台灣後，他仍然是偉哥倚重的「腳」，偉哥要他做的事，從不敢說個「不」字，而且想到偉哥道場說的話，他點貨時哪敢再偷斤減兩，或許這是偉哥的「恐嚇牌」奏效，但他漸漸發現，偉哥好像真會讀心術，或是在他身邊安插一個小鬼，他在想什麼，偉哥似乎都知道。

例如在一個寒流來襲的大半夜，偉哥要他跑一趟陽明山，把某大學的「倉」，交幾條「褲子」給某個「手」，結果那個「手」到凌晨三點還不出現，讓他在車上等到鼻水直流，不禁臭罵幹譙了一頓，連帶也把偉哥罵進去了。結果沒隔幾秒鐘，就傳來偉哥的line 寫道：「幹！嫌冷就滾回去寫你的爛小說！」

這類看似巧合的事多到不勝枚舉，漸漸讓他感覺自己的每一個舉動，每一個念頭，都被某種無形的力量給監視著。自己就像是陰牌裡的草人，無所遁形，就算有再大的本事，也逃脫不掉這看不見的透明壓克力模子。

可是，他不想當偉哥的古曼童！

就算吸毒過後，他還是很清楚，他是驢子，只是他完全無法抗拒偉哥的擺佈，再加上從泰國回來後，他常感到一股無形的力量，一方面在監視他，可是另一方面又在干擾他，讓他做任何事都不順，常會出些小包，過去一直都是很細心的驢子，越來越常犯一些粗心的錯，惹得偉哥不高興。

除了這以外，他也常遭逢意外，和死神擦肩而過。例如開車時突然有人衝出來撞到他，方向盤一個急轉打滑，他撞上安全島，結果卻又什麼人也沒有。還有去工地交貨時，突然有塊磚掉落砸中他的頭，去醫院縫了好幾針。這些大大小小的狀況，讓他越來越害怕出門；但就算人在房間，那一種無形的恐懼又如影隨形不放過他。他只能每天靠越來越重的海洛因痲痹自己，卻也深陷毒癮的漩渦不可自拔。

我最後看見他的時候，那時他已經好幾個禮拜沒出門了，整個人眼窩凹陷，蒼白無神，全身瘦得不成人樣，散發出一股濃濃惡臭味。他已經不再是我認識的那個，會主動幫人換燈管的暖男了。而他似乎也不認得我，像個驚恐老人，手抖個不停流著口水拖著蹣跚的步伐，和我在走廊擦身而過。

當時我的情況也不好，找工作一直不順利，做音樂的夢想也得不到家人的支持，每天把自己關在房間裡嗑藥，然後看著時間等一個男人來……

偉哥也知道驢子已經是個廢人了，很久沒給他工作，也知道他遲早有一天會死在房裡。為了怕真有那麼一天，因為驢子的死而讓自己惹禍上身，所以偉哥趁驢子還能走之時，要他去泰國辦件事……在那之後，驢子就斷了音訊，再也沒有他的消息。

然後某一個夜晚，偉哥帶了幾個年輕的新面孔，要他們把驢子的房間徹底整理乾淨，搜出不少驢子以前私藏的海洛因，還有幾本賬冊，幾把其他「倉」的鑰匙，以及抽屜裡的那個陰牌。偉哥看著那草人若有所思，最後房間只留下一尊白瓷菩薩、一對神桌燈，以及一台被拆了硬碟的電腦。在那之後，303房的門就永遠闔上……

因為那個房間，鬧鬼！

不知從什麼時候起，那個被拔下插頭的神桌燈會在午夜點亮，接著暈黃的桌燈跟著點亮，無人的房間又傳來久違的打字聲。當時我曾經以為是我吸毒吸到產生幻覺，明知道驢子已經不可能回來了，但我卻寧願相信驢子還在隔壁。我會把所有燈都關上，看著牆上溢出黃光的洞口，重溫一股遺失已久的安心與安慰，彷彿時光從圓洞倒流，我們又回到從前，我創作音樂帶給他力量，他創作小說灌注大勇逐夢的勇氣。

是一直到大勇經過幾夜的煎熬，終於在一晚從他封閉已久的世界，開門走向303房的窗前查看，我才知道原來他也聽到鍵盤聲，看到圓洞中的燈光。原來那不是幻覺，是驢子真的回來了……

大勇自從在驢子染上毒癮後，就將自己封閉在房間中，課也很少去上了。雖然他什麼都沒說，但我知道驢子吸毒的事對他打擊很大，像是好不容易建立起來對人的信任，又在瞬間被最好的朋友給摧毀了。

如今窗前的這一盞孤燈，代表大勇過去熟悉的驢子回來了，他像發瘋似地拍打303房的窗戶，用那不甚標準的口音呼喚驢子開門，因為他是那麼迫不及待地想見他久違的，也是唯一的好朋友……

但驢子始終沒有開門，只聽到窗後瘋狂的打字聲，像憤怒的音樂家在琴鍵上的怒吼。大勇也趕緊回到電腦桌前，尋找以前驢子的帳號，在千言萬語的字裡行間中，搜尋驢子目前發文的蛛絲馬跡。後來，他終於找到了，從IP位置找到了那一個神秘代號db，他很確定那是驢子的筆鋒，但創作的故事卻極其黑暗，充滿了對人性失望的控訴，抱怨這個世界是如此的不公不義，甚至直言這樣的絕望人生偽善社會沒什麼好留戀，不如自殺不如去死！

或許正如當時驢子對我說的，他想寫關於社會黑暗面的題材，而我想大勇接收到朋友的訊息了。就在某一天端午連假所有人都回去的時候，他選擇燒炭自殺告別這個殘缺的世界。在他死後，咀嚼他血肉而生的蒼蠅覆滿了整片窗戶，那扇曾照進些許陽光的窗，又將永遠被黑暗所遮蔽。

大勇的遺體在被抬出去後的幾天，我這才發覺原來這個世界，最後還是只有我是孤獨的。偉哥已經不會再來找我了，他認識了其他女生，又開始編織另一個目眩心迷的美夢，而我什麼都沒有，只剩最後一針海洛因……

我靜靜坐在床頭，將所有的燈關上，手拿童軍繩，等待午夜圓洞的亮光。對我而言，那亮光像是個引信，一個時光倒流的起點，如果人生終將有一個結束的時間點，那就讓我結束在最美好的時刻，就讓時光倒流吧！

黑暗中我彷彿看見剛搬來時，我從門縫遞進去的小紙條；也看見那繫著紅色緞帶的紙條寫著：「你的音樂和歌聲帶給我創作的力量，一起加油噢！」我又看見那一個熟悉的暖男扛著鋁梯來我門前；看見我們一同築夢的熱情，專屬於我們之間夢想交會的連結。

這時我也看見，牆上那個洞口的燈亮了，從我童軍繩的圈套中，兩個同心圓又再度交會。我忽然想到，當時我和驢子見面的第一句話是什麼呢？我把頭套進繩圈中，我終於想起來了，當時我對他說：「我叫林小雨，我的夢想是當一個像周杰倫一樣厲害的創作人！」

＊　＊　＊

聽完了小雨的故事，所有人皆是一陣沈默，哀嘆之中，這房子過往的輪廓也漸漸浮現……

阿本終於知道他的「前房客」原來就是大勇，也是他以靈擺感應到的善良靈體。大勇在偉哥回來後，這位原本善良平和的「靈體學長」也變得躁動不安，於是不斷以靈擺試探的阿本也跟著受到波及，被附了身。

至於阿泰本來就知道，這原本是小雨房間，也是她上吊的最後之地。小雨曾在他夢境中清楚示現，如今細說從頭，那些變幻的場景更是歷歷在目。只是他腦中也同時憶起，小雨曾在他夢醒後，幽幽開口問道：「你可以幫我嗎？」出於同情與憐憫，他已經不那麼恐懼了，只是心中千頭萬緒，不知該如何幫小雨？

而阿弦則是對隔壁303房感到懸疑，他剛剛聽小雨這麼說，知道他所看到的那尊白瓷菩薩就在隔壁，而菩薩身旁的黑衣人，應該就是所謂的「外靈」。

「外靈」會侵入神像的原因有很多種，坊間一些功力不夠或是居心不良的法師，在神像入神、入寶與開光的科儀上沒有做確實，結果正神沒請進來，反而招來一些路過的鬼靈，或與這家人有仇隙的冤親債主。

另外還有些人品行不端正，或對自家神明沒信心，一遇到所求不遂或一些業障報應，就怪神明不夠力甚至懷疑有外靈入侵，於是便把堂上神明掃地出門，來個眼不見為淨。通常遇到這種人家，正神早算到有此一劫，自然先走一步溜之大吉。於是一些沒得吃又沒得住的孤魂野鬼，當然就會趁虛而入，鳩占鵲巢。

另外還有一種是空有形體的神像藝術品，本來就不是要做來拜，而是當藝術與擺飾。但如果世間有人以香火供養，並向神像祈福祝禱，時間一久，自然會有貪求香火的靈鬼精怪來附。你拜的是菩薩，他就當自己是菩薩；你求的是關公，他就當自己是關公了。

阿弦又想起剛剛小雨說的，那三個鬼在房裡打商量，其中躲在菩薩像的外靈，似乎還是道士，才能在驢子死後，將他的亡魂從泰國招回來，並且十之八九是他傳授驢子吸人精魂的招術。因為他知道驢子三魂中的兩魂已經被陰牌和女鬼取走，所以才要驢子藉由文字去取人精魂，以補自己的不足。然後從他保佑驢子販毒順利，到驢子以海洛因供養等怪異行徑來看，這個道士生前大概也染有毒癮，才會搞這種旁門左道。

時間已緩緩走到半夜十二點，阿弦望著這堵白牆左思右想，他還有些問題想問小雨，再出聲時，牆的另一端卻無聲無息，怎麼招請都沒反應。「難道小雨走了嗎？」阿弦疑惑道。

就在這時，忽然阿本和阿泰都抬頭看向牆頂，那個被一道符貼住的洞口，正透著黃澄澄的詭異亮光。阿泰說道：「十二點了，燈亮了！」阿本也鬼裡鬼氣說道：「看來驢子回來了！」

阿弦一聽趕緊步出門外，來到了303房門前，果然見到霧玻璃內一盞桌燈微亮，後面隱隱透著一對紅光，並傳來一陣敲鍵盤聲響，看來一切謎底就在這房間裡了。

於是他暗結法印，口誦真言，打算進房間與靈體接觸。他轉動門把，發現鎖住了，窗戶更不用說，整個房間像封死一樣，沒有人能夠再進來。

阿弦有再大的本事，也沒辦法像琉璃子穿牆而入，這時他心頭苦笑：「要是有琉璃子在就好了，一顆火眼金睛讓妖魔鬼怪都現形！」又想到琉璃子早上迫不及待跟他說，這房間裡面有什麼，看來一定藏了什麼稀奇古怪的秘密……

但現在他卻被鎖在門外一籌莫展，裡面的鬼不開門，晚上十二點去哪找鎖匠來開？他踱步回到阿泰房間，歪著頭想辦法，忽然看到牆上被符貼住的圓洞，正透著詭異黃光，轉瞬一想：「不如爬上去從那洞中看動靜，至少知道隔壁在玩什麼花樣！」

他跟阿泰和阿本說了計劃，兩個人便找了兩張椅子疊上去，讓阿弦能探頭上去看。

阿弦爬上去，慎重地將符紙撕開，一道黃光隨即從洞裡鑽出來，像是**封印**的邪靈因解開符咒而蠢蠢欲動。他將那唯一能看到的左眼貼了上去，從那拳頭大小的洞口中，先看見一個陳設簡單的房間，神桌上有一對神明燈，還有一尊似笑非笑的菩薩，然後他將目光移到書桌前，看到一個人的背影正坐在那打電腦。

「那就是驢子了吧！」他心頭想道。

這時那個書桌前的人像是察覺背後有人窺伺，突然轉過身來，回頭往那洞口看去，正巧和阿弦彼此相視三目對望。

阿弦看到一個永生難忘的恐怖情景，那個坐在書桌前打字的人，不是驢子，是他自己。他突然想到白蓮娜走時對他說道：「你自己小心一點！我看你最近時運低，最好別太輕信這一屋子的鬼！」

他心一驚，瞬間一張慘白人臉出現在洞口，距離近到像是貼在自己面前。他受到驚嚇一個往後仰的自然反應，就從兩張椅子上摔了下來，在落地之前，想起自己曾跟人說過：「在那當下，你可以選擇不理不應不去接觸，但你沒有這麼做，於是就和他們達成了約定……」而腦中不斷回放的是剛剛撕開符紙，無意間解除封印的畫面。

他落地時，剛好是頭部著地，一聲巨響後便昏了過去……

少年，安啦！

「靈異先生……靈異先生……」

等到再有意識的時候，他感覺身旁有人正在呼喚搖醒他，他眼睛一張，是兩個陌生沒見過的年輕人。

「你……你們是誰？」他感覺頭很痛，腦袋昏昏沈沈的，像是被人重擊一拳。

「是我們啊！你不記得了嗎？」年輕人說道。

他再看看這房間，有些似曾相識，房間的氣味一樣，只是感覺變了，然後他忽然驚道：「這不是小雨房間嗎？」

兩個年輕人一聽，像是傻了一般，眼睛睜得老大，不明白他為什麼這麼說。

「你們是誰？為什麼在小雨房間？她人呢？」說完，他勉強站起身，手撐著頭，感覺還是很痛，然後一手扶著牆，跌跌撞撞地走到隔壁門前，像回到熟悉的地方，扭開303房的門把，那門竟然開了，像從未上鎖過，然後他走進去把門反鎖關上！

跟在後面的阿泰和阿本，不可思議地看著這一幕，透過朦朧的霧玻璃，那對紅色的神明燈還是亮著的，但暈黃的桌燈熄了，打字聲也消失了，他們不確定發生什麼事，只知道這位「靈異先生」從洞口摔下來後，像是變了個人一樣……

這位他們隔壁房的新室友，從進房後就沒有再出來，睡了快有一天一夜，這期間他們的前室友小雨和大勇也沒再出現，之前的靈異事件像是什麼都沒發生過。

而那個進到303房躺在床上沈睡的人，在昏昏沈沈的半夢半醒間，突然聽到一個熟悉的聲音在叫他：「驢子……驢子……快醒來！」

「是你啊大師……」他認得是那個穿一身黑道袍的聲音。

「我已經幫你奪舍到這個人身上了，你現在魂神未定，這個人的元神還在，而且他似乎還有一個很強的主神罩著，你趕快醒過來，不然我就快壓不住他了！」驢子一聽，趕緊從昏睡中驚醒，揉揉惺忪的雙眼，發現自己竟然只有一眼看得見！

「這個人是**獨眼龍**喔！」他有點抱怨道。

「別嫌了！你能上這個人的身已經是非常走運了！」黑衣人說道：「之前我暗中觀察他，就感覺他的道行不在我之下！而且他還有本事召喚一些靈體，連蛇精這種妖物都成了他的法索，更別說那一個身上會冒火的日本武士。要不是他最近時運低，又有小雨幫忙掩護，沒說破我們的計劃，然後他一個沒留神著了我的道，不然不只你恐怕連我都被他收服去！」

「小雨？她現在人在哪？」一提到小雨，驢子趕緊關心問道。

「你放心，她跟那個重聽的，現在人在頂樓，被我那票神明兄弟好好看著。」

驢子一聽，知道小雨沒事，口氣放心不少，又聽說這人的厲害，便又問道：「這傢伙真有這麼大的本事？那我附身在他身上，不就也有他的功力了？」驢子又驚又喜道。

「哼！你別做夢了！你忘啦你現在只有三魂中的一魂！我說過多少次了，人有三魂，一魂跟著肉身與靈骨在塔在墓；一魂在招魂之後依附於牌位；一魂入陰曹地府，功過兩清後投胎轉世。你肉身的那魂被一個泰國妞牽著走；牌位的那魂被陰牌裡的草人抓著，那塊陰牌還在偉哥手上；雖然我在你頭七之前，急急將你最後一魂從泰國調來，一時瞞過鬼差免去陰府報到，但你的魂魄終究不完整，就算每晚靠寫鬼故事，以『攝魂術』吸取不少人的精魂，但隔著網路效果也有限，對你魂魄來說只是杯水車薪而已。」

「哼！想不到寫小說在陽世賺不到錢，在陰間也撈不到什麼好處。」驢子說這話時，甚是充滿藝術家的牢騷不平。

「所以現在這個身體裡面，會有兩個主魂，你還是客人，他才是主人。只是這主人現在被我用幻術迷惑住了，他根本不曉得外面發生什麼事，也不知道他的房子被客人佔了，這個就叫做『**奪舍**』。如果七天之內，他的魂識始終沒有醒來，那他就會被當作是孤魂野鬼給帶走，你也就成為這房子的主人。但如果七天之內一旦讓他醒悟，以他的功力要驅趕你這不速之客絕對是易如反掌，到時我就算有再大的本事也沒法子幫你！」

「那照你這麼說，我們要怎樣才能讓他在這七天之內不會醒過來？」

「嘿嘿嘿，所以我才說你非常走運！」黑衣人一講到這，簡直覺得一切如有神助：「這個人說來……跟我們也算是**同道中人**……」

「同道中人？我知道他會法術，跟你是同行；那跟我又有什麼關係？」

「驢子，我都說這麼白了，你還裝什麼蒜？」黑衣人吹鬍子瞪眼睛罵道：「好歹你跟偉哥也這麼多年了，看不出這傢伙以前也是一條大毒蟲嗎？」

「你是說他也有嗑藥？」驢子詫異道。

「沒錯！而且這就是巧門！吸毒上癮的人，就算死後燒成灰，骨灰都能提煉出毒品來，既然他吸過毒，那吸毒的癮頭就還在。我們可以用毒品去痲痺他的三魂，削弱他的意識，讓他每天沈溺在這種酥酥痲痲的快感裡，主人每天迷迷茫茫，這房子不早晚是客人的了。」

「幹，那我不也跟著吸毒上癮，又回到以前那種人生？」驢子驚聲罵道。

「怎麼？你是腦袋撞壞了嗎？你以為你死後沒了身體毒就戒了嗎？你以為上了別人的身，你就變黃花大閨女重新做人了嗎？我告訴你，你的癮頭還在，就像業障會糾纏著你不放，你是戒不掉逃不了的。而且我們說好了，我幫你重返陽間繼續做人；你則繼續拜我供養香火與白粉，讓我一邊修行做神，一邊吸毒快樂成仙。怎麼，難道你在耍我，想過河拆橋嗎？」

「不，大師！我不是這個意思，白粉只要有機會，我一定會供養給您的！」

「哼！諒你也沒這個膽，敢對我要什麼花招！我可醜話說在前，你現在就像一株剛入土的小樹苗，我要是一個不高興，隨時可以將你連根拔除，燒成灰燼。你可不要不知好歹，不懂知恩圖報。而且，我可是有修到『他心通』的，你在想什麼我心眼全知道，你好好孝敬我，我也不會虧待你；你若是圖謀不軌，那就別怪我不客氣！聽懂了嗎？」

驢子聽了冷汗直冒，這番話讓他想起以前總覺得自己像陰牌裡的草人，怎麼樣都逃脫不掉偉哥的控制，只能任人擺佈。如今雖然重獲軀殼，人生看似重新開始，不過依舊逃脫不掉毒品的淵藪，就算換了個形體，也不過是從模子裡的草人，變成被掐住的活人……

「哼，你別想這麼多！」黑衣人說道：「我看你是塊料才願意幫你，而且要你吸毒也不是要害你，是要滅除這人的魂識，讓你保有他的身體。與其有時間在那邊胡思亂想，不如想想要怎樣才能弄到海洛因？」

驢子一聽，趕緊翻箱倒櫃找他以前私藏白粉的地方。

「別找了！偉哥也不是傻瓜，早就搜得一乾二淨了！」

驢子一聽跌坐床頭，像是全身被掏空般，想到之前拼死拼活販毒存的錢，與用盡心機偷藏的貨，到頭來還是一場空。

「別垂頭喪氣了，辦法不是沒有，而且還是一個可以讓你翻身的好辦法。」

「翻身的好辦法？」驢子聽了，眼睛一亮。

「你不是一直想出來自立門戶，幹一番大事業，甚至等待機會，想幹掉偉哥取而代之嗎？」黑衣人做了一個殺的手勢，這話簡直是說到驢子心坎底，讓他整個身體激動顫抖了起來……

「驢子，我知道你事業心強，缺的就是一個機會，」黑衣人繼續說道：「我已經算過了，過兩天偉哥就會回來住。到時你知道他，他還不知道你，你就說你是驢子的表哥，癮頭比驢子還大，現在身上缺藥又缺錢，以前聽驢子說有困難可以來找偉哥，看是不是有工作做。總之就是找機會跟他拉近關係，先拿到白粉再說，懂了吧！」

驢子聽了倒抽一口冷氣說道：「你又不是不認識偉哥，他疑心病重，又養了一個很厲害的小鬼。大師，不是我懷疑你的功力，只是之前你連我戴的那塊陰牌裡的鬼都對付不了，更何況這次還是偉哥自己養的古曼童？」

「哼！」聽驢子給自己漏氣，黑衣人有些不快罵道：「這幾年你以為我跟你一樣沒長進嗎？我當時是好漢不吃眼前虧，不想跟他計較。現在可不同了，可說是『如有神助』，拜那阿婆撿一堆落難神明之賜，跟這尊菩薩一樣，頂樓那些神明肚裡住的可都是靈鬼精怪，一個比一個兇啊！我早已跟他們打好關係，每個都跟我是好麻吉，大家說好了有福同享有難同當，有白粉大家吸，有小鬼眾人打，我就不信我們這幫有神功附體的好兄弟，打不過一個泰國鬼仔！」

黑衣人說得自信滿滿，彷彿是一個胸有成竹的師爺，羽扇綸巾、調兵遣將、運籌帷幄，一切盡在掌握之中。但驢子對偉哥還是心有餘悸，尤其是在泰國道場所經歷的夢魘，更叫他膽戰心驚。不自覺看看手臂，過去有著「五條經文」刺青的烙印，如今卻是阿弦臂上的神明刺青。

「哎，驢子，我知道你在怕什麼！我就跟你實說了，正如你之前所想的，偉哥的確養了很厲害的小鬼當耳目，你們過去做的心中所想的，都有小鬼跟偉哥通風報信。」

驢子聽了張大眼，之前的猜測果然沒錯，偉哥果然在他身邊安插眼線，養小鬼就是用來對付自己人。

「但你也別怕成這樣，他能知道你在想什麼，不是神通廣大，是因為你身上的刺青，還有給你戴的那塊陰牌。」

「你是說那『五條經文』的刺青？」

「他哪是刺什麼『五條經文』，他是刺五條毒蛇啊！那玩意兒就像是貨品的條碼，無論你在什麼地方，偉哥養的古曼童都能靠那找到你，然後他會去問你陰牌裡的小鬼，最近你有幹過什麼，說了什麼壞話，用這來操控你。所以我現在給你說破了，你身上既沒刺青，更沒陰牌，一切大可放心，別自己嚇自己！」

驢子聽了恍然大悟，對偉哥這樣連自己下面的人都信不過，更覺得他的歹毒陰險。黑衣人又繼續說道：「總之你先跟偉哥打好關係，以他對人的不信任，只信海洛因這件事來看，他一定會要你吸白粉給他看，才相信你是圈內人。那剛好如我們所願，讓這人的魂識陷溺在毒癮裡。

然後我也估計偉哥一定會讓小鬼去摸你的底，這時就是我和那幫神仙兄弟上場打鬼的時候。我們鬼多勢眾，這泰國鬼仔一定不是我們的對手，到時他要是肯棄暗投明，為我們所用，我們就饒他一命；如果冥頑不靈，就打到他魂飛魄散，然後再安插一個假小鬼在偉哥身旁。偉哥少了耳目，就像是少了手腳，當然也就任由我們擺佈，最後搞到他精神錯亂不是發瘋就是自殺，到時偉哥的貨和錢放哪就你最清楚，我們這幫兄弟拼死拼活，讓你做了一個現成老大！以後應該怎麼報答我們，不用說你也明白吧！」

黑衣人講得眉飛色舞，儼然已經預見這詭計奏效，飄飄然真做起神仙了。只是驢子因為以前跟過偉哥，知道他絕非善男信女的等閒之輩，怕只怕這計劃有一個閃失，被偉哥倒打一把，這好不容易奪舍回魂的人生又轉眼煙消雲散。

黑衣人心知驢子還有顧忌，再加上他才剛奪舍不久，不宜讓他心神不寧，於是便說道：「驢子，你此刻先別想太多，還是趕快照我之前傳授你的『安神大法』，先讓魂神與這副身體調養歸位才是要緊事。我已經跟你說過了，人在睡夢中是意識最薄弱的時候，如果你在睡夢中，而剛好這人的魂識又走強，就有可能是你被他牽著走，甚至又被奪舍回來。所以這也是你剛剛睡著時，我一直在旁念咒護持的原因，就怕有個功虧一簣。你現在先靜坐調神吧，我則上去和那幫好兄弟參詳後面的計劃！」說罷，散了蹤影，房間又只剩驢子一人。

他坐在床上，準備照黑衣人的吩咐靜坐安神。其實，自從驢子的魂魄在茫昧中，被黑衣人從泰國招回來後，驢子就像黑衣人的徒弟，完全聽任他的傳授與擺佈。驢子也不知道他叫什麼名字，只知道他平時都在白瓷菩薩像裡修行，因此稱呼他做大師或法師。

之前因為驢子的魂魄不全，所以大師傳授他一種神秘的「攝魂導引術」，這種「攝魂術」的關鍵在於要先有讓人沉迷的事物，黑衣人知道驢子以前是小作家，便要他寫鬼故事，要恐怖可是又讓人想一直看下去，而且要他在半夜子時貼文出去，利用陰盛陽衰之際，人因驚恐三昧真火微弱之時，再加上貪迷好奇自願進來，無形中達成交換的協議，將人的精魂透過網路攝取有三分，慢慢補足驢子不全的主魂。

但驢子以前是寫關於青春夢想、熱血與愛情的小說，雖然在認識偉哥接觸到社會黑暗面與吸毒過後，有一段時間，因為憤恨的死後怨氣，導致他寫了一些非常陰暗又負面的小說，甚至鼓勵人去自殺的作品。但即使這樣，他對於靈界的了解還是不多，怎麼樣也無法寫出靈異又恐怖的鬼故事來，而說到這塊，卻又是法師所擅長與最是經驗豐富的。

因此這位大師每晚都會跟驢子講自己或其他鬼魂的故事，當然都是真實發生過的事，包括那票神明肚裡的靈鬼精怪他們的鬼話連篇；與之後承租小雨與大勇房間的房客，他們所看到的見鬼實錄。一個很能講，一個超會寫，每晚十二點過後，成了驢子重操舊業的作家時光。

其他時間，因為驢子三魂不全，又怕偉哥巡遊的小鬼隨時回來，因此法師將驢子關在神明桌的抽屜裡，對外只有一個插鑰匙的小圓孔。這空間反而讓驢子感到似曾相識，彷彿是回到從前住慣的房間，那小圓孔就像隔間牆上的圓洞，從圓孔透進來的光線，依稀讓他想起兩位，令他感到虧欠與想念的鄰居，大勇和小雨。一想到他們，也讓他驚惶不定的魂魄，稍稍在這封閉的空間中得到平靜與安慰。

那時，由於他在泰國是注射毒品過量致死，所以毒癮一直到他斷氣的那一刻，即使死後做鬼，對毒品產生的戒斷症狀始終存在著，而這也就是驢子和法師在死後仍沈溺毒品的原因……

所以在魂魄剛招回到這，也是他最痛苦的時刻。那時因為新死沒多久，對肉身的意識仍很執著，每當戒斷的種種症狀來襲，他就像一頭發狂的野獸，一個失心瘋的厲鬼。有時全身如蟻鑽，有時身上又像拔牙那麼痠痛，更不用說哈欠流淚噁心反胃發冷等折磨，時時痛苦到想死，可是又無法死了再死，所以更加痛苦到想死。法師雖然有門路搞到一點白粉，但自己生吃都不夠了，哪肯拿出來分享，只能將他關在抽屜裡發洩，忍耐熬過最痛苦的前十天。

他也知道那不是身體的毒癮，因為做鬼了連身體都沒有，那是**心癮**，而心癮才是最難戒的魔鬼！就在撐過了想死又死不了的前十天，法師再慢慢教他靜坐安神，教他「攝魂導引術」，並且講述那些恐怖又引人入勝的鬼故事，一方面給他創作的靈感；一方面也轉移他戒斷的注意力。又過了幾週，等情況更穩定後，才讓他在半夜十二點出來寫作，而唯一的例外就是偉哥回來時，因為怕被偉哥的小鬼發現，所以只要偉哥一回來，他半夜就不出來打字，燈光俱滅，法師躲回菩薩肚裡，驢子也躲到抽屜之中。

如今，那段白天在抽屜靜坐養神，晚上通宵寫作的時刻，反而是他死後最平靜最感到幸福的時光。他不必為了房租與經濟問題煩惱，如果元氣虛弱就打開電腦攝取精魂，晚上又可以從事他最愛的文字創作，並在貼上PTT時看鄉民的推文感到小小的虛榮與滿足。這不就是他所渴求的人生嗎？當時毒癮也戒得差不多了，他從海洛因的束縛中甫獲解脫，頓時才讓他真有一種重獲新生的感覺。雖然當時他還沒有奪舍，而法師也有說要幫他重返陽間，唯一條件是繼續供養毒品與香火，當時他答應了，但也告訴自己：

如果有機會再重新做人，這輩子絕對不要再碰毒……

所以當他聽到還要藉由吸毒，才能保有這副身體時，會如此吃驚與不情不願。因為，他被毒害了後半生，他真的不想再重蹈覆轍，但「人在江湖身不由己」，一方面他已答應法師，如果不遵照他的意思，只怕法師會用什麼陰狠毒辣的邪術來對付自己。另一方面他也知道能夠死後還陽，已經是千載難逢的事了，而他確實也想佔有這個人的身體，再重新做人，替自己報殺身之仇……

就在這內心交迫，吸與不吸毒左右為難之時，突然門外傳來了「叩叩」兩響……

現在夜深人靜，所有人都睡了，驢子很好奇這時還有誰會來找他？他走了過去，打開門，沒看到任何人。闔上門時，一轉身小雨就站在他眼前。

「小雨，是你！」驢子又驚又喜道。事實上，從他跟著偉哥開始吸毒，一直到死後再復生，他感覺已有好幾年未再見上小雨一面。就在這久別重逢的片刻，正想上前說些什麼時，驢子才驚覺：「**小雨，已經死了……**」

自從驢子被牽亡魂回來，一直關在抽屜裡，不知道外面發生的事；就算半夜出來寫作，法師也會全程坐鎮，一對神明燈亮著不讓其他孤魂野鬼進來。一來是驢子主魂孤弱，怕受其他無形影響；二來也怕鬼多嘴雜，被偉哥的小鬼發現。所以驢子可說是處在一個與外界完全隔絕的環境。

「小雨，妳怎麼……是什麼時候發生的？」他並不害怕已成鬼的小雨，只是不知她何以會步上黃泉？

「唉……」小雨幽幽嘆了一口氣，大概說了驢子死後她與大勇的遭逢，而驢子也在陣陣驚歎中，意外發現他筆下〈窗戶〉和〈竹竿〉兩篇，寫的竟然就是好友的身故。而其中最令他感到哀痛的，竟是他的文字導致了大勇的輕生，這一雙過去鼓勵人勇敢逐夢的手，如今卻因教唆人自殺而沾滿血污……

最後小雨的沈淪毒海與自殺同樣也讓他感到震驚，在那段每天吸毒吸得昏天暗地的日子裡，他總以為小雨仍在音樂創作的道路上，努力踏實地度過每一天。也因此他自覺一個墮落深淵的毒蟲，哪配得上小雨這麼認真的好女孩，而且又怕單純的小雨步上自己後塵，因此後來便有意無意疏離她，甚至與她形同陌路，他一廂情願覺得這樣對大家都好。這也就是偉哥問小雨是不是他女朋友時，他會否認的原因。

只是沒想到他的沈淪如同黑洞的引力，在墜落之間，也將小雨一同拉下無盡黑暗的深淵。想到小雨走過他所經歷的毒海煉火，更讓他的心像凌遲一樣痛苦……

對小雨來說也是如此，她死後亦經歷一段非常痛苦的戒斷期，那段時間也是302房鬧鬼鬧最兇的時候，半夜淒厲的呼喊、東西一股腦地被掃到地下、牆壁發出激烈的碰撞與抓痕、深夜一個睜大眼的女鬼現身，最後這三樓的三間房根本租不出去，房東阿婆一提到三樓就嚇得半死，只好去撿越來越多神像看鎮不鎮得住，直到後來有一個像流氓的大叔說要把三樓一整層都租下來……

兩個曾受毒癮枷鎖囚禁，墮落無邊毒海的人，終於走過人生的低潮，死亡的幽谷，在長夜將盡的破曉前，**相見黯然**。這一刻許多事情說開了，也釋懷了。洗盡鉛華後，只剩傷痕在，他們又像是回到從前，只是過去隔著一面牆，如今卻是陰陽兩隔，生死相見。

「小雨……」再看到小雨，驢子不禁愧疚地低下頭來，過往他對小雨確實有好感，也知道小雨對他的愛慕之情，兩個在逐夢道路上且彼此喜歡的人，能在人海茫茫中相遇，是多麼不容易且幸運的事。但這樣的愛意，最後卻消散在海洛因的煙塵，轉眼霧散風輕……

「驢子，恭喜你能夠重新做人，有一副新的身體。」許久不見，小雨有些客套地說著。

驢子剛剛聽法師說，小雨有幫忙暗助，沒有向這人透露奪舍的事才得以成功。所以趕緊致謝道：「小雨，謝謝妳的幫忙。」話語中，也有些客套了。

「不，我沒有幫什麼忙，我只是重提我們不堪回首的過去，雖然痛苦，但至少說出來了，也許心裡可以……好過一點……」小雨低下頭說道。

「小雨……」驢子想說聲對不起，但他知道他是最沒有資格說這句話的人。是他自願一步步走向偉哥，也是他最先淪陷毒海，更是他為虎作倀幫著販毒運毒，甚至小雨吸的白粉，有可能就是他帶進來的。像他這樣壞透了的人，最後竟讓他能夠重返陽間，重新做人？這還有天理嗎？他有什麼資格跟已失去生命的小雨，說聲「**對不起**」？

「小雨，我……」話才到嘴邊，驢子長久壓抑的情緒，瞬間崩潰成淚水，在濕熱的眼角打轉。這是他成為活人後，第一次感覺到，流淚竟比流血還要痛……

「驢子……」善解人意的小雨，也像是為化解尷尬，趕緊轉移話題說道：「剛剛你們說的，我們都聽見了，在這扇門外！」

「你是說……」

「嗯，你和那人說的，我和大勇都聽見了……」小雨抿緊了雙唇。

「大勇？」他知道自己曾是大勇心中的偶像，一個勇敢用文字逐夢的人，當然這是在他吸毒之前……

「我們知道你今天重獲新生，很為你感到高興，所以想來看你……」

「那大勇，他人呢？」驢子心繫起這個久違的朋友，網路上的頭號粉絲。

「他走了，當他聽見說要靠吸毒，才能保有這個身體！他便離開了……」小雨垂下頭來，一襲長髮掩面。

在這一刻，驢子突然發現，這個沈默相挺的好朋友又走遠了。他趕緊解釋道：「小雨，我真的……」他本來想說「我真的不想再吸毒了，真的！不想再碰海洛因了，我發誓！」但，一個毒蟲的發誓，有誰會相信呢？

「驢子，別再吸毒了，好不好？難道我們被毒品害得還不夠嗎？我們的夢想都落空了，連命都被吸乾了！一定還有別的方法可以保有身體，一定還有……」說到這，小雨的淚水在喉間哽咽，她實在不願意看到好友再度墮落，淚眼迷離的她這才發現，原來鬼的眼淚是冰冷的鹹水，每一滴都是在往生者的傷口上撒鹽……

「小雨，這只是權宜之計，相信我，我也不想吸啊！」即使驢子心底有千萬個不想再碰毒，但他也不敢保證在法師面前就能如願，只能一再說道：「我只吸這幾天，等七天過後我一定戒，我一定戒得掉，相信我，我一定戒得掉，戒得掉……」

驢子不斷喃喃自語，像是說給小雨聽，又像是說給自己聽……

此時，另一個黑暗的房間中，阿弦像做了一場惡夢半夜驚醒，他渾身都是冷汗，全身抖個不停，鼻水眼淚狂流，就在這時，突然聽到外頭幾名年輕人大叫道：「阿弦，出來！」

＊　＊　＊

阿弦抬頭一看，自己正坐在書桌前，這裡是南部鄉下阿嬤家的房間，外面一陣陣摩托車聲浪驚醒了他，趕緊走到窗旁，見外頭停了幾部豪邁、迪爵、巡弋改裝車，砲管改得震天嘎響，一個染了中分金髮，穿件絲質襯衫與寬鬆水洗褲的年輕人，張嘴就是罵道：「阿弦，你真爽噢！幾點了還擱在睏？緊落來啦！」說話的是他高中死黨明城。

阿弦一看到明城，也像是直覺反應回嘴罵道：「幹，靠爸噢！」隨後下樓來，跨上機車後座，一夥人揚長而去……

阿弦的父母在離婚後，阿弦便跟著媽媽從台北搬到南部外婆家去住，外婆一家都是做外燴辦桌的，選舉與紅白場都接，有時整場收拾弄完，常搞到三更半夜才回來。當時他媽媽雖是回到自己娘家，但一方面要忍受鄉人的閒言閒語；一方面也要適應生活的改變，只能更賣力的幫忙娘家工作，無形中也忽略了阿弦，沒注意到他在適應新環境下的轉變……

當時的他遭逢家裡巨變，他也跟著轉學到一所完全陌生的鄉下學校。剛開始因為家裡的事，他不愛理人也不愛說話，我行我素讓人覺得自命不凡，學校裡的流氓學生更放話說要教訓這個很臭屁的台北人。在幾次的衝突中，為了在新環境立足，血氣方剛的他要起狠來簡直是讓人側目，慢慢也就和流氓學生化敵為友，更與外面的不良少年越走越近。今天去幫某角頭教訓哪一個校外的，明天去電玩店圍堵哪一個不長眼的，天天上演的暴力事件，成了他再熟悉不過的家常便飯。於是過去彈一手好琴的資優生，也就慢慢踏上了不學好的歹途……

除了校園的暴力事件頻傳，九〇年代的台灣還有一個更嚴重的治安問題，那就是安非他命日益在學校氾濫。當時由於原料取得容易，致使小型的安毒工廠在鄉間林立，更讓這些黑話叫「安仔、冰糖、冰塊、糖果、硬的」毒品輕易流入校園。常在廁所看見鋁鉑紙，或是用養樂多做的「水車」等簡易吸食器，每天幾乎都有吸食安非他命被抓的人上新聞，媒體給他們一個稱號叫「安公子」，這其中也包括阿弦。

他和學校那一夥整天玩樂不愛讀書的一群人拉幫結派，常在半夜蹺家坐上改裝摩托車四處深夜遊蕩。今晚也是如此，他坐在死黨明城的後座，那台迪爵125堪稱改車界的經典，超殺的魚眼燈將鄉間小路照出一片死白，後座還加了舒服又高調的皮椅背，車上還裝有沿路吵死人的音響，一定播放明城最愛的「重愛輕友」與「呼吸不說謊」。

「去哪？」阿弦在後座問道。

「去龍哥那！他說要你去他那開開眼界，還說這次有新貨要讓我們試試，絕對比安仔更爽！」明城的金毛長髮在風中急速奔馳，「三宅一生」的絲質水洗衫也像要飄起來了。

一聽到有新貨要試，而且更爽！阿弦整個人也興奮到要飛起來。只是很奇怪，明知自己已吸毒了好一陣子，但現在的感覺卻像個幾十年滴酒不沾的人，突然聽到可以喝個過癮，那充滿期待的興奮之情，讓他還沒喝就先醉茫茫……

他們在暗夜中急速飄移，眼前的風景既熟悉又陌生，風在飆人在飄，血液像注入了高純度的毒品，一點小小的興頭都會讓阿弦覺得血脈奔馳心跳加速，好似回到了過去的青春時光，有無窮的力量可以消磨，無盡的生命可以虛耗。

忽然車行經過一個像廟埕的空地，空地上一片黑霧籠罩，似乎有什麼被遮住，又像是什麼東西也沒有。這疾駛而過的一眼，讓阿弦覺得今晚這條熟悉路上，透露著些許迥異於平常……

「誒，剛剛經過的空地本來是什麼？」他趕緊問明城道。

「就空地啊！那邊本來就什麼也沒有，你見鬼囉！」

「屁啦！一定有，不然你回頭去看，我跟你打賭敢不敢！」阿弦現在心情超high，所以也格外逞強，愛跟人爭辯到底。

「好啊！來呀，輸的直接吞冰糖，誰怕誰？」明城也是如此，他以前個性就是這樣，吃藥以後更是賭性堅強，覺得自己都是對的。

於是騎在最前的明城急煞回頭，後面幾部車則原地不動，看著他們的車燈迴轉駛遠……

騎到一半，忽然明城腰間的小海豚響了，他低頭看號碼說道：「啊！龍哥找我。」說沒幾句便急急掛上電話，回頭對阿弦說道：「龍哥生氣了，叫我們別耽誤時間，趕快去他那試貨，不然他就要走人了！」

阿弦覺得奇怪，這龍哥怎麼這麼巧，這時候打電話來，難道是有人跟他通風報信？但他沒想太多，反正現在滿腦子都是毒品，那個空地本來是什麼根本不重要！

這群飆仔隨後來到暗夜的街上，好多店面已拉下鐵門，只有一間電子遊藝場還燈火通明。隔著霧玻璃門向內望，讓阿弦有一種似曾相識的既視感，感覺這背後有一雙眼睛，正在暗中窺伺這一切。

門開了，一股濃厚的煙味，還有大量芳香劑的味道撲鼻而來，他們幾個人走進去，有些人開始玩遊戲機，只聽金幣不斷掉下的得分聲；還有眼花繚亂的跑馬燈，看得讓人目眩心迷。明城向坐在櫃檯的妹仔點了個頭，她按下桌底開關，一道隱秘的門在櫃檯後開了……

眼前是一條又窄又陡，直達二樓的磨石子樓梯，沒有外窗，只有牆壁上一盞昏黃的小燈。明城先走了上去，阿弦跟在後頭，每踏一步，一股詭異的熟悉感讓他覺得好像來過，可是這裡明明是他第一次來……

走上樓梯，轉進一個小房間，裡面有一張大賭桌，擺了一副撲克牌，旁邊的四方桌則有骰子碗公、天九牌等賭具，角落電視放的正是樓下監視錄影畫面。除了這以外，裡面一個人影也沒有，更沒看到新貨。

這時明城的小海豚又響了，他接起電話應沒幾句，隨後跟阿弦說道：「龍哥要我們等他一下，想玩什麼都可以，想吃什麼喝什麼，用電話跟樓下小姐吩咐，她會送上來的。放輕鬆，這裡都是自己人！」說完，拿起撲克牌，問阿弦有沒有種跟他對賭21點？

「幹！當然有種！怎麼賭？」阿弦現在感覺如有神助，自是一點也激不得。

「我們來賭七局，我作莊，我賭我會連贏你七局！」明城邊洗牌邊說道。

「死人誠，你腦袋有洞喔，敢在賭神面前嗆聲。如果你輸了呢？」

「只要我輸一局，我那台迪爵125送你啦，你不是一直很想要台摩托車？」

「幹，你說的喔！那台車不是你老婆，改成這樣會捨得送我？」

「靠北！你怎麼知道我會輸你這肉腳？」

「好，來呀！」阿弦急著躍躍欲試，已經坐定在牌桌前叫牌了。

「來就來！」明城說完，先發一張暗牌給阿弦，再發一張暗牌給自己。之後阿弦檯面上有一張Q，他知道自己底牌是黑桃A，更覺得勝卷在握。反觀明城檯面上只有兩張K。

開牌時，阿弦笑說：「你應該會很想要我手上這一張吧！」結果一翻，竟然底牌變成一張梅花3。而明城一掀底牌，黑桃A竟在他手上，當場說道：「贏一局囉！」

阿弦揉揉眼睛，不敢相信自己所看到的，難道是藥嗑多了，產生幻覺？

之後的五局也都是這類怪牌，阿弦越玩越輸也越玩越驚慌，尤其是第六局，他一拿到牌，趕緊將牌握在自己手上，結果當他瞇牌時，底牌的老K眼睛竟然會動，正斜眼看他的另一張牌是什麼。嚇得他牌一丟罵道：「幹！有鬼，這牌上有鬼！」

「阿弦，你是在黑白講啥？」明城罵道。

「幹！我不玩了，這牌超邪門的，一定有鬼！」阿弦大驚失色，加上他連輸六局，更覺得這牌中有詐。

之後無論明城怎麼用三字經五字經激他，阿弦都不為所動，甚至回罵道：「幹恁娘！你博歹賭，還擱敢大聲，你是在大聲三小！」兩人越罵越火，就在阿弦氣到要翻桌大幹一場時，忽然樓梯傳來了響亮的皮鞋聲……

響亮的皮鞋聲，在大半夜從樓梯上陣陣傳來，阿泰和阿本一聽便知道是偉哥回來了。他們之前聽了小雨的故事後，都對偉哥起了戒心，也知道只要這人一回來，平靜的日子就結束了，而對303房的驢子來說更是如此……

「驢子，驢子！」半夜黑衣人急急喚道：「偉哥回來了，照我們的計劃，趕快去找他，快點去！」

驢子顯得有些猶豫不決，一來他對偉哥的恐懼還餘悸猶存；二來現在不受毒品控制的平靜人生才是他所企盼的，他也知道法師要他去找偉哥，只是想利用他拿到白粉吸上幾口。而這正是他現在最不想做的事。

「你要是敢反悔，不照我的話去做！我就讓你魂飛魄散永不得超生，別忘了我可以讓你生，也可以讓你死。而且不只是你，你不會希望我對小雨下手吧！」法師語帶威脅道。

驢子只好不情不願拖著沈重的腳步，來到偉哥房門口，在要進去之前，黑衣人又提醒道：「記住，裝像一點，他現在不知道你是驢子，可別露出馬腳了。我會一直在你身旁，有我罩著，他又看不見我，你就別一副畏首畏尾的樣子了！」

他敲了301的房門，偉哥在裡面，一聲警覺問道：「誰？」

這時門開了，阿弦看走進來的是留著一頭山本頭，穿著花襯衫，腋下夾著手提包，一副地方角頭模樣的男人，正是龍哥。他滿臉殺氣以訓斥口吻瞪著兩人罵道：「在樓腳就聽到你們在冤家，是啥咪代誌吵到要拼輸贏？」

「無啦大仔！無啥咪代誌啦！只是我跟阿弦在玩牌！」明城趕忙解釋道。

「幹！玩牌咁有需要玩到大小聲？」龍哥喝道，明城跟阿弦都默不作聲，不敢再多說什麼。

這時龍哥看看阿弦，口氣稍顯和緩說道：「阿弦，雖然你是第一次來我這，但我今天會找你，就是要告訴你，我龍哥沒把你當外人。你在學校的事我都聽明城說了，知道你是個人才，我們堂口就需要像你這種敢拼敢衝的年輕人！」龍哥邊說邊熱絡地帶阿弦來到沙發，並回頭要明城倒兩杯酒來，接著繼續說道：「阿弦，你以後就放心跟著我龍哥，你要多少貨儘管跟我開口，只要是你要的，我絕對不會過問，反正學校這條線就交給你跟明城去處理，讓你們兩兄弟去打天下。來，乾！」說罷舉起酒杯一口乾盡。

阿弦也舉杯致意，為搞到一筆大生意感到開心，想到年紀輕輕就受江湖大哥器重，更覺受寵若驚，於是也跟著一口喝下，只覺得這酒格外甜美，讓他有些飄飄然到暈頭轉向。

「呷菸啦！」龍哥掏出一包「峰」，抽了一根給阿弦，按照江湖規矩，阿弦趕緊拿出打火機，先幫龍哥點，然後自己也抽了起來，兩個人就在煙霧茫茫中聊起了未來的毒品事業……

「原來你是驢子的表哥啊！」偉哥抽了一口菸，看著這半夜進來自己房間的人。

這位自稱是驢子表哥的男人，也跟著抽了一口，緩緩吐了個煙霧說道：「是啊！不知道有沒有機會幫偉哥跑跑腿，以前聽驢子說過有困難可以來找你……」

「唉，說到驢子啊……」偉哥嘆了口氣說道：「你表弟的事我真的很難過，怎麼好好一個人會變這樣？聽說他後來去了泰國，就再也沒消息了，現在到底人是生是死？你有聽說嗎？」

驢子一聽，怒氣全上來了，巴不得給這個裝模作樣的畜生一拳。當時他到泰國後，就照偉哥的吩咐去到那個邪門道場，進去只看到阿力，剛好那時他毒癮發作，全身痛苦的不得了，阿力便給他一針，沒想到從此就再也沒有醒過來……

「明明就是你想把我給弄死，還好意思在這邊虛情假意問我有沒有驢子消息？」驢子心頭罵道。

一旁黑衣人趕緊出聲道：「驢子，現在不是意氣用事的時候，快跟他說你毒癮要犯了，看能不能給你一點白粉，你願意為他做任何事。」黑衣人著急說道，倒像是他癮頭又來，咬得他這般迫不及待……

驢子受制於人，只好不得不聽命行事，強壓住心頭那股怨氣，低聲下氣裝作哈欠流淚毒癮要犯的樣子，說自己現在缺錢又缺藥，看偉哥是不是能給自己一點事做，並不時偷瞄偉哥放錢放藥的保險櫃。

但偉哥可是在江湖走跳多年的老狐狸，當初他要吸收驢子都暗中觀察了好幾個月，而且給藥也給得遮遮掩掩曲曲折折。如今半夜一個不認識的陌生人跑來敲門，怎麼可能就這麼明目張膽地，把一級毒品海洛因當太白粉一樣拿出來！

於是偉哥又東轉西繞地說了很多言不及義的話，一副好整以暇看你玩什麼把戲的從容神情，讓驢子和身旁的黑衣人都拿他沒輒。

「我看你抽煙的樣子很像一個人？」突然偉哥盯著驢子，一副若有所思地說道。

「誰？」驢子一驚。

「就驢子啊！我看你的感覺很像驢子，你們該不會是雙胞胎吧！」偉哥半開玩笑說道。

「噢……我是他表哥，菸也是我教他抽的，當然會像我！」驢子怕被識破，趕緊隨機應變，但說這話時，心臟已是七上八下，嘴角緊張到發抖了。

「不對噢……」偉哥吐了口煙圈，看了他一眼，似有深意地說道：「我看是你像他，不是他像你！」

偉哥這麼一說，驢子額頭冒出了陣陣冷汗，就怕被偉哥看出什麼破綻，一旁法師也被嚇得不敢出聲，哪敢再出什麼鬼主意。

「對了，你說你是驢子表哥，那你叫什麼名字，怎麼叫你？」

「我……」驢子又是一驚，他確實不知這個人叫什麼名字，對他和法師而言，這只是一副可以奪舍的身體，哪管叫什麼名字。

「驢子……」一旁黑衣人趕緊說道：「別愣在那，你不是作家嗎？隨便唬個名字給他，他哪知道你表哥叫什麼名字？」

「我叫……」驢子顫抖的雙唇開始發白，腦筋像被打了個結一片空白，就在這呼吸都靜止的瞬間，忽然樓下又傳來了陣陣的上樓梯聲……

這時，門開了。一個人叫了聲「龍哥」，並一臉警覺地看著阿弦和明城，似乎是一個提防心很重的人。

「小偉，這自己人啦！」龍哥打招呼說道。

進來的男人是一個看上去二三十歲，留了一頭微卷長髮，穿著襯衫外翻略顯油氣的西裝，一條窄版緊身褲，一雙上樓發出好大聲響的白皮鞋，手上拿著一個LV的手提包，而且開門就聞到他身上濃到化不開的古龍水味。在那個年代最紅的AV男優叫「加藤鷹」，阿弦和明城一看到這人，就直覺想到這位金手指先生……

「小偉，來我跟你介紹，這是阿弦和明城，我們組織的新血，以後學校的線就靠他們了。」

龍哥又轉向阿弦和明城，向他們介紹道：「這是我們堂口的二把手，明城你應該也沒見過他吧！小偉在泰國的時間比較長，他是泰北孤軍的後代，會說泰語，以後也是我們這條生產線的頭。」

阿弦和明城一聽，趕緊叫了聲：「偉哥！」

那偉哥看是兩個沒見過的年輕人，雖然是龍哥帶進來的人，但戒心還在，也只是虛應一聲。

「小偉，貨帶來了沒有？」龍哥問道。

「嗯，帶了！」小偉從手提包中拿出一方牛皮紙袋，從裡面掏出一個白色的長方形磚，只見上面的塑膠套印了幾個大紅字「**雙獅地球標**」。

阿弦和明城一看，兩人都看傻了眼，想不到在有生之年竟能見到這傳說中的極品，毒品界的勞斯萊斯，在場之人個個目不轉睛，連大氣都不敢吐一聲，龍哥甚是滿意地拿在手上掂掂斤兩，一臉得意說道：「阿弦、明城，要賺大錢就要靠白粉！安非他命這種東西頂多是路邊攤，海洛因才是高級西餐！這是我們公司的新貨，只要小偉在泰國的這條線不斷，以後這就是大家發財的事業線，你們就是我龍哥的『手』和『腳』，保證不會虧待你們！哈哈哈……」接著看看阿弦和明城問道：「你們兩個誰先來？」

此時偉哥叼著菸，並從包包裡拿出了針筒和皮繩，似有深意地看著阿弦……

「你叫什麼名字？」偉哥抽了一口菸，眯著眼睛穿透層層煙霧，再一次問道。

「我叫……」這時全身冒汗的驢子聽著樓梯間上來的腳步聲，只盼上來的是解救他脫離這個深淵的人；上來的是帶他逃離這一切苦難的神……

「我問你叫什麼名字？這你有什麼困難嗎？」偉哥抽了一口菸，問著眼前半夜來找他的男子。他的語調雖是慢條斯理，但一字一句都咄咄逼人。

「怎麼啦老弟？以前頭有受過傷？還是吸毒吸傻了，連老哥我都不認得了？」

此話一出，驢子和黑衣人聽了無不膽戰心驚，心中暗暗叫苦：「什麼？原來偉哥竟然認識這個人！」

就在偉哥漸漸起疑，而驢子一句話都答不上來的時候，那從樓梯盤旋而上的拖鞋聲來到了門口，叩叩兩響後門開了。一個戴著茶色墨鏡，脖上掛了金項鍊，提著手提包，穿了一雙藍白拖，一副道上兄弟模樣的大叔走了進來。他見房裡有外人在，瞄了一眼後，像是遇到認識的人，一臉詫異與吃驚。

眼神銳利的偉哥見狀，向大叔問道：「怎麼？你們認識？」

大叔看著阿弦，驢子也看向這突然闖入的大叔。他們都認出了彼此，大叔之前在阿泰帶阿弦來看房間時打過照面，當時還反問阿弦以前是不是有被關過，從勒戒所出來。而驢子也認出這是以前常來找偉哥打牌的牌咖，而且曾向偉哥進過貨。

「噢，算隔壁舍的同學啦！以前在裡面的工廠見過。」大叔說完向阿弦使了個打招呼的眼色。

偉哥一聽，知道有過這段坐監的經歷，反顯得放心不少，隨即以抱憾口吻對驢子說道：「阿弦，我不知道你被關了！當時我人在泰國，聽說是有人當『抓耙子』，後來連龍哥也被掃進去，整個堂口幾乎瓦解……」偉哥這麼說時，眼底瞄了一下阿弦，看有什麼反應。

驢子聽偉哥這麼說，才知被奪舍的這人叫阿弦，而且似乎以前就跟過偉哥，後來還坐過牢，曾跟偉哥的牌咖關在同一個監獄。

「那阿弦你是關在哪一個監獄？」偉哥又試探問道。

偉哥本來就生性多疑，這麼一問又考倒驢子了，他哪裡會知道阿弦待過哪一所監獄，就在這情急瞬間，他想起過去跟這夥人打牌時，曾聽大叔說過以前在高雄監獄的事，於是只好硬著頭皮瞎猜道：「高……高雄監獄……」

驢子說完，偉哥看了大叔一眼，大叔點點頭。偉哥隨即拍拍驢子肩膀說道：「阿弦，關進去就當出國進修，『坎站』就是比沒被關過的要高！」

又轉頭對大叔說道：「既然這裡有現成的牌咖，那就來摸個幾圈玩玩。」

驢子熟知偉哥這個人，如果他要你上牌桌，那表示他想了解你，他會從牌局中默默觀察你，如同人家說的喝酒打牌最容易看出一個人的本性。驢子只怕到時牌桌上，偉哥又問這位阿弦其他問題，他們又是舊識，叫驢子如何裝下去不會露出馬腳？於是急急向法師呼道：「大師快救我，偉哥這人疑心病重，要是抓到你在唬弄他，那下場不是開玩笑的！」

「幹！這偉哥花樣怎麼這麼多，我癮頭都快犯了，白粉還不拿出來！」法師也怨道。

「驢子，你先跟他玩幾把拖時間，我這就去討救兵，找兄弟教訓他養的小鬼，到時我們控制他的鬼，再讓他的鬼去控制偉哥，還怕他不會乖乖聽話嗎？」

計劃已定，人鬼分頭進行，轉眼三人坐上牌桌，方城之戰正式開打。偉哥喜歡玩500/1000底，這樣玩起來才刺激，也只有這樣玩才能見本性。

偉哥先做莊，三人麻將只碰不吃，那大叔不知是有意放水還是牌運不佳，幾乎是放什麼偉哥碰什麼；而驢子心神不寧，只怕偉哥再問問題，又不知道法師那邊是否順利，因此玩得提心吊膽，掛一漏萬。

不一會兒功夫，法師帶了一票神仙兄弟浩浩蕩蕩前來，這些披著神明外衣的孤魂野鬼，為了耀武揚威，個個以神仙模樣壯大聲勢，但所謂本性難改，妖魔鬼怪貪聲逐色的習氣依舊不變。所以會看到對鏡補妝的觀世音、戴墨鏡拿著長短槍的關公、嗑藥晃神如屁孩的三太子、穿著雅曼尼的濟公、吃著大麥克的彌勒佛、熱衷內線交易的財神爺、玩手遊到眼脫窗的池府王爺，各個誰也不服誰，吵吵鬧鬧，彷佛一場神明的化妝舞會。

他們一踏進房中就看見牌桌旁站了一隻小鬼，長得甚為醜陋猙獰，全身血肉模糊，一身臭穢，臉上有三隻眼，五六張嘴，全身七手八腳還拖了尾巴，踮起腳尖剛好到桌邊，夠他偷瞄每個人的牌面。

法師一看，知道小鬼終於現了形，而且正在幫偉哥賭博贏錢，當初坤平將軍的古曼童，就對賭錢這玩意兒特別靈驗。然後眾鬼又見這小鬼除了長得醜外，看來也沒啥本事，現在鬼多勢眾，個個摩拳擦掌，準備大展身手，一副不落鬼後的模樣。

法師見機不可失，大家又鬼氣高昂，鬼氣可用，趕緊大呼一聲：「兄弟們，就是這醜不拉嘰的小鬼，為了白粉大家上！」

牌桌上，偉哥剛好拿到一張花牌，高聲一呼：「幹！『**八仙過海**』，兩家通賠一底八台，爽！」

瞬間眾仙一湧而上，鏗鏗鏘鏘，就和小鬼在牌桌上打了起來。小鬼也不是省油的燈，碰地一聲，立刻變成巨大的牛魔王，拿起巨叉像插肉一樣，一下子就插起胖胖的彌勒佛，五六張嘴一開，轉眼吞到肚子裡。眾鬼一看嚇得花容失色，驚道：「媽呀，這傢伙連鬼都吃！」話還沒說完，又一個被插了……

眾鬼見苗頭不對，且戰且逃，偉哥卻趁勝追擊，連莊拉莊；偉哥碰一聲，小鬼插一個；偉哥碰碰碰，小鬼插插插；偉哥籌碼越來越多，小鬼肚子越來越大……

經過幾局，偉哥的小鬼已殺紅了眼，偉哥突然摸到一張「紅中」，大喜道：「幹！**『門前清』**加**『自摸』**，兩家通賠一底三台，爽！」眾鬼驚呼哀嚎狼狽四散，卻又難逃小鬼之口，才一眨眼，房中就快連一個神仙也沒有……

幾招下來，法師眼看這幫神仙兄弟全軍覆沒，就如同牌桌上的牌所剩無幾，這時又聽偉哥對其他兩人說道：「信不信我會**『海底撈月』**，最後一張牌一定是我的！」嚇得法師趕緊腳底抹油要溜回菩薩肚子裡，但說時遲那時快，小鬼已經追了上來，眼看巨叉就要插到自己屁股，法師趕緊跪地求饒道：「靈童大爺，您別吃我，我報您一條大的，讓您說給偉哥聽！」

小鬼怒目而視，持叉而立，五六張血盆大口，呲牙裂嘴。

「那個……阿弦……其實，其實就是驢子魂魄……是我幫他奪舍來的……」法師話還沒說完，小鬼已倏忽消失了，法師不禁鬆了一口氣，癱軟在地……

此時，偉哥正準備伸手翻最後一張牌，突然間停手了，轉過頭來看著阿弦，一臉似笑非笑地表情說道：「我看這張牌，還是先別翻好了！」

「偉哥不玩了嗎？」驢子和大叔都詫異道。偉哥現在牌運正旺，怎麼可能就此罷手？

「不，還有更好玩，更刺激的東西。」偉哥抽了一口菸，對著阿弦吐了煙霧說道：「你說是不是，驢子？」

驢子一聽，嚇了一跳，全身像是被雷打到，一動也不敢動，久久才回神，轉過頭驚惶問道：「什麼……你……說……什麼？」

「驢子，我說驢子。我看你打牌的時候，讓我想到他。」偉哥將桌上的麻將牌，一塊一塊地疊起來，突然又瞬間推倒，落了滿桌都是。

「你剛剛不是說想來點白粉嗎？」偉哥轉身打開保險櫃，裡面有海洛因磚、現金、鑽錶，還有一把槍。一旁的大叔見狀，神色突然變得很古怪。

接下來，偉哥像是一個米其林大主廚，在牌桌上料理一道最精緻的海洛因大餐。他熟練地拿著鐵湯匙，在裡面注入一些水，再將細如流沙的白粉，依照他所調配過的完美比例，摻入到湯匙裡，然後用火加熱直到完全溶解，並拿出一根全新的針管，將湯匙裡的海洛因液吸入到針筒。

過程中，只聽他叨叨絮絮說道：「我記得你以前還不會品味海洛因這種高級貨，就像是窮人不知怎麼吃魚子醬一樣。只會像個癟三學電影拿信用卡將K粉切細，然後捲起一張百元美鈔，你說這樣吸才有毒品大亨的調調，那廢材樣真是有夠窩囊的！是一直到我幫你開了海洛因的大門，你才真正走進毒品的世界。還記得那一天下午嗎？你來找我要褲子，我卻拿出了海洛因、錫箔紙和吸管。之後你的癮頭越來越大，只是用吸的已經不夠了，只有直接注射才能滿足你的毒癮和貪婪……」

偉哥這樣說時，驢子被震懾住了，一字一句都喚醒他心底的恐懼，他知道自己的底牌已被偉哥掀開了，他想呼救法師來救命，但無論怎樣祈求都沒有回應。忽然，他看見偉哥身後有一團黑影，那黑影越來越大，越來越清楚，最後他明白了，那是偉哥身上戴的陰牌，裡面的嬰屍與偉哥疊合在一塊，讓偉哥臉上生出五六張嘴，全身長有七八隻手，一手拿毒品、一手握針管、一手拿著槍、一手抓鈔票，就像手舞足蹈的**大黑**

天，如神如魔，似真似幻……

「你跟我去過泰國的道場，你知道我是一個信偏門的人，別說現在科學發達這世上就沒有鬼，我告訴你，**毒品就是鬼，吸了毒的人就是鬼！**而你曾經也是，還是吸毒過量死在泰國的鬼。雖然我不知道你是用什麼方法回到陽間，並且還附在阿弦這個毒蟲身上，但對我來說那都不重要，重要的是，我看你是塊料，我願意再給你第二次機會，讓你繼續做我的『腳』，做我的『**古曼童**』。但你知道，入行有入行的規矩，在我面前用了它，這才算是入我這行的『投名狀』。是吧，驢子！」偉哥舉起手中的槍指指驢子，示意他別想要花樣。

驢子看著那白晃晃的針頭，過往吸毒的回憶瞬間被逼了出來，自己是如何從一個逐夢的作家，最後變成一個沈淪的毒蟲，那一步步陷入毒癮深淵是從什麼時候開始的？第一口海洛因的感覺又是怎樣？如果人生有機會重來，還願意再墜入茫茫毒海？此時，他慢慢閉上了眼，回想起過往的畫面……

一間位置極其隱密的私人賭場，裡面燈光昏暗，沙發上坐了三三兩兩的人，偉哥正在調製葡萄糖水來稀釋白粉，動作雖看來有些不熟練，但能有幸親眼目睹毒品之王「雙獅地球標海洛因磚」，這已讓眾人大開眼界了。

調好之後，一支注滿海洛因的針管就放在桌上。

「你們兩個誰先來？」龍哥看著阿弦和明城兩人問道。

明城一副躍躍欲試的模樣，他自詡是毒品界的模範生，對任何毒品都來者不拒從不挑食……

「我先來！」明城捲起袖子，準備要綁橡皮繩了。忽然龍哥乾咳兩聲：「我看還是讓阿弦先來吧！他第一次來我這，讓他先爽一下，哈哈哈……」

龍哥都這麼說了，明城豈敢反對，只好眼巴巴看著這管海洛因，和自己失之交臂。

對阿弦來說，這海洛因的威名如雷貫耳，曾聽人說這東西只要一碰就戒不掉，但既然他都已嗑過安仔這入門級的毒品，實在找不到理由不去嚐嚐這「毒品之王」的滋味。

他捲起袖子，在露出整條手臂的瞬間，忽然像幻覺般看見神明的刺青，並聽到天外響起一陣雷，他心一驚想看更清楚時，那刺青又如蒸發般消失了……

今晚他總有這種如夢如幻似真似假的錯覺，經過廟埕的那片空地、隔著霧玻璃的窺伺、上樓梯似曾相識的場景、還有此刻手臂消失的神明刺青。他不禁懷疑，難道真的是自己藥吃多的關係……

他綁上橡皮繩，拍打手臂將青筋與靜脈給拍了出來，一手拿起針筒，此時眾人屏氣凝神地看著他，但卻又各懷鬼胎。龍哥只怕這來路不明的貨不純，不知會不會摻了什麼東西進去；偉哥倒想見識這海洛因磚的純度，如果夠純以後自己偷摻偷賣也沒人知道；明城則心跳加快像是毒癮發作迫不及待。

這一針下去了……

海洛因從細小的針孔，極速地在靜脈中噴射，阿弦可以感覺它們正與鮮血交融、讓瞳孔縮小、肌肉鬆弛、心跳也漸漸放慢了……一種擴散至全身的舒麻與快慰，包覆著他從頭皮到腳趾，他感覺他的身體好像沒了，像是**靈魂出竅**，漂浮到失去重力的黑洞，聽的看的感受到的，都一起進了外太空。於是他慢慢、慢慢閉上了眼……

當他再睜開眼時，發現自己正走在一條田間道路，路上一部車也沒有，月色當空，映照出一身倒影。他的心情仍然很high，一個人走著走著見到地上散落一地機車殘骸，似乎是發生車禍了，他以一種幸災樂禍的心情前去查看，只見倒在血泊中的身影很熟悉，上前一看，那個頭破血流的人竟然是明城！他抱起屍體，不斷大叫：「怎麼會？怎麼會是你！」驚嚇之中他突然想起，記憶中明城確實是死了，在一次吸毒後騎車高速衝撞電線桿，當場死亡，而這件事就發生在他被捕的那一晚，明城是來接他準備一起避風頭的。

他趕緊跑回家，遠遠見到家門口警車燈光閃爍，周圍擠滿了看熱鬧的鄉人，幾名警察正銬著他從家裡走出來，媽媽氣他吸毒只是哭根本不看他一眼，阿公阿嬤覺得家門蒙羞不敢出來見人，鄉人訕笑他不學好說這世人沒用了！此時他全身冷汗直流不斷顫抖，一個像是便衣刑警的人，提著一袋裝有毒品的證物從家門走出來，他一看到那個人，瞬間想起曾在哪見過，脫口說道：「原來你是警察！」

忽然他感到全身刺癢難耐，骨肉裡像有一根帶毛刺的木棍在刮，每一吋肌膚都痠痛到鼻水眼淚狂流，彷彿瞬間從外太空直墜落地，一個站立不穩、雙眼一閉，就昏厥了過去……

「怎麼樣，驢子，換了身體後，難道也忘了海洛因的爽勁嗎？」偉哥舉著槍說道。

他慢慢張開眼睛，看著桌上海洛因針筒。曾經他把夢想寄託在這細小針頭裡，以為嗑了藥就可以文思泉湧，靈感源源不絕，有著別人沒看過的奇幻風景，可以寫出沒有人到達的絕境。但他最後終於明白，吸毒只是一條通往懸崖的不歸路，這條路他不想再走錯一步……

「偉哥，我真的不想再碰毒了！真的，我發誓，我不吸了。偉哥，你放過我吧！」驢子哀求道。

偉哥看著以前毒癮深重，天天都要打上一針，甚至還偷偷暗藏白粉的驢子，如今竟然像洗心革面的出獄更生人，聖潔地如同身上有光的天使，心中不禁幹譙道：「幹！這滿口謊話的毒蟲，到現在還敢跟我耍花樣！」但表面卻不動聲色說道：「哼！看來你真的戒毒成功了驢子，但要我放過你可沒這麼簡單，至少先給我跪下來再說！」

驢子一聽，二話不說立刻跪了下來，看來他真的誠心誠意想脫離毒海，也想逃離偉哥掌握，更何況偉哥手上還握著槍，他知道這個瘋子什麼喪心病狂的事都幹得出來！

這時偉哥一步步走到驢子面前，就連一旁大叔也猜不出偉哥的用意，一臉緊張深怕擦槍走火。

忽然偉哥一出手，以槍柄猛砸驢子的後腦。這下變起倉猝，被鈍器重搥的驢子，整個人就暈了過去……

「偉哥，你……」大叔詫異道，不知道偉哥為何突然下此毒手。

事實上，這名大叔是個臥底幹員，警方早知道偉哥的習性，會利用大學附近的出租房間作掩護，一方面狡兔多窟；一方面吸收大學生讓毒品流入校園。因此，當他們得知偉哥要來這學校佈線時，便先派了這大叔去接近偉哥，並假藉在牌桌上以賭債抵房租的方式，請君入甕，讓偉哥住了進來。

至於後來阿本誤打誤撞來看房子，當時警方也曾懷疑阿本是不是偉哥下面的人，所以見面時才會一再跟他確認身份，並暗中調閱檔案查看有無前科記錄。在確定阿本阿泰真的是單純學生後，為了怕偉哥對大叔的房東身份起疑，這戲也只好繼續演下去……

他們雖在偉哥房間裝了竊聽器與秘錄器，並不定時備份檔案，但都沒有找到什麼關鍵性的線索，因為就算抓到偉哥販毒的證據，也頂多只是關十五到二十年。警方不是不想抓偉哥，而是想從中上游去追查，一舉破獲整條製毒運毒販毒的國際網絡。但偉哥生性多疑又非常狡猾，因此一直苦無機會將他逮捕定罪。

至於上次阿泰帶著阿弦來看房子時，碰巧遇到大叔從偉哥房間出來，他那時就是在備份密錄檔案。他一看到阿弦，一眼就認出這是以前掃蕩龍哥販毒集團的成員，因此印象深刻。至於後來說自己坐過牢，以及阿弦是監獄的獄友，也只是為了取信偉哥，畢竟監獄的犯人這麼多，說誰看過誰，本來就很難追查。

而就在他接近偉哥的這段期間，恰好也是驢子作偉哥「腳」的時期，兩人曾多次在牌桌與酒店碰過面，因此他對驢子的事並不陌生，但這也讓他從今晚一踏進房間便感到迷惑與驚疑……

「為什麼明明是阿弦，偉哥卻一直叫他驢子？」、「總是小心翼翼，從來不曾在我面前打開的保險櫃，竟然大剌剌地開了，裡面不但有海洛因磚，竟然還有一把槍！」、「為什麼偉哥要逼阿弦吸毒，逼他現在就施打海洛因？」、「為什麼偉哥要打暈阿弦，難道是偉哥瘋了，精神錯亂了？」

這時偉哥看著暈倒在地的驢子，並用槍指指大叔，以命令的口氣說道：「喂，你去拿那針筒，幫他注射。」偉哥混跡江湖多年，幹的任何骯髒事，絕對不經自己手。

大叔一聽，臉上一陣抽搐，心頭驚道：「什麼！要我餵毒給阿弦？這在搞什麼？偉哥是瘋了嗎？」但他又不能把心頭的慌亂給表現出來，何況偉哥現在拿槍對著他，要是破功被拆穿身份，不但前功盡棄這條命也會不保。

大叔走了過去拿起針筒，問道：「偉哥，現在是什麼情形？幹嘛把他打昏，又要餵他毒？」

「少囉唆！不要問這麼多，毒蟲的話你也信？我告訴你，我誰都不相信，我只信海洛因，要讓一個人乖乖聽話，就只有給他吃海洛因。照我的話去做！」說罷，將槍上了膛，對著大叔兩眼像蛇一樣瞪著。

此刻形勢比人強，就算大叔心頭有千百個不願意也只能先照辦。他膽戰心驚地拿起針筒，一步一步接近阿弦，突然躺在地上的驢子，不知是不是從昏迷中轉醒，皺了眉頭「嗯……哼……」兩聲，偉哥趕緊轉頭查看，一旁大叔見機不可失，立刻將針頭往偉哥脖子上插去，並一手扣住偉哥的槍，試圖要制伏偉哥。「**幹恁娘！**」偉哥也不是省油的燈，回手拔出脖子上的針頭，和大叔扭打成一團……

「阿弦……阿弦……」黑暗中，阿弦聽到有人叫他，他茫然地睜開眼睛，只見頭上幾盞昏暗燈光，旁邊幾個模糊黑影。此刻他感覺頭很痛，腦袋昏昏沈沈，像是被人重擊一拳，又像是從高處墜落，頭直接著地……

「你們……你們是誰啊？」

「是我們啊！你是爽到不認得我們囉！」說話的是一個熟悉的聲音，他定睛一看，是明城！旁邊還有龍哥與偉哥。他想起來了，這裡是龍哥的賭場。

「我怎麼了？」他覺得頭痛欲裂，拄著頭問道。

「你剛剛打了一劑海洛因！表情有夠爽的，後來大概是藥退了，你就睡著了……」明城說道。一旁龍哥抽著菸一臉似笑非笑的神情，偉哥則又再調配稀釋海洛因，並吸入到針筒裡。

「再來一管吧！我看你現在很需要！」明城說道。

現在的他口乾舌燥、心跳加快，畏寒盜汗，頭還隱隱作痛，之前那種肉身刺痛的感覺，就像轟炸機快要來襲，更令他眷戀起海洛因的撫慰，巴不得趕緊逃進海洛因做的防空洞中……

當明城把針筒拿給他，他爽快地接了過來，看著明城熟悉的臉頰，忽然又想起頭破血流的屍體，正與此刻的明城重疊。他像是看到恐怖幻影脫口說道：「明城，你已經死了！」手上的針筒也應聲滑落……

「幹，你在說什麼？我不是好端端活著？你是在喊暝喔！」明城罵道。

「不對……這一切都不對，我怎麼會在這？」阿弦滿頭大汗，臉色蒼白，全身顫抖驚惶地看著所有人。

「阿弦，你快打海洛因，那是幻覺，不要相信！」一旁的龍哥也催促道。

他抱著頭努力回想他是怎麼來到這的，只覺得現在頭痛到快炸開，海洛因的戒斷症狀已無預警襲來，只要再打一針，所有的痛苦、煩惱、疲憊、惶恐、不安，都會立刻煙消雲散，但他看著地上的針筒，心底卻有一個聲音慢慢浮現……

「不要相信你所看到的。要相信你自己！

你所看到的未必是真的，要相信你自己！」

此時，周遭的三個人已察覺阿弦的眼神變了，他們慢慢圍了上來，打算抓住他，要強迫他施打海洛因。

阿弦見他們步步進逼，彷彿是厲鬼索命，反而更讓他堅信自己，相信眼前所見俱是妖道。一股堅定的信心躍然而起，那感覺比注射海洛因更強烈，更沛然莫之能禦，頓時明白世上有一種東西，可以超脫現在的頭痛欲裂，身體的無明火起，而激發出震動天地的巨大力量，那就是人堅定的心念。

明城忽然撲了過來，阿弦像是直覺反應，立刻以全身力量打出手印，瞬間只見手臂上的神明刺青昭然若揭，他終於想起來了，為什麼他手臂刺滿了神明，那是他出獄後曾在神明前發誓：「這輩子絕對不再碰毒了，絕對不讓海洛因的針頭，再刺進神明的法身中！」

此時明城受法印衝擊，全身像紙人燃燒著火。阿弦當下明白：「是紙人，果然是我中了妖道！」說罷，一眼獨閉，雙手結印，口誦真言大喝一聲：「**破**！」

忽然一聲轟然巨響如雷貫耳，等阿弦再張開眼時，只見偉哥手上拿著槍，那個便衣大叔身上多了一處血窟窿，鮮血汩汩流出，整個人倒臥在白牆邊……

緝毒行動

村鎮中一間再尋常不過的濟公廟，深夜時分廟廊下燈火通明，七八個人影圍繞一張泡茶桌前，有的嗑瓜子有的吃發糕，或老或少或坐或立，靜聽一個身材矮胖臉頰圓腫的男人，說起平生跟妖魔鬼怪單打獨鬥的當年勇……

「嚇……你們不要看我王胖一副慈眉善目的模樣，多少夜叉鬼王是我的手下敗將，我可是連提都不想提呢！

就說最近吧！神社那一戰，就是我王胖名震陰陽的封刀之作啊！你們聽過『鬼仔神』吧！不知道的是你年紀小，回去先問問爸爸媽媽阿公阿嬤，打聽清楚再來。」

「『鬼仔神』怎麼啦？」人群中一個滿身酒味，赤腳躺在長椅上的酒空搔癢問道。

「這『鬼仔神』可別真以為她是神，其實就是鬼娃子啊！一身和服一口虎牙腳穿紅木屐，動不動就大師父、振弦君、王胖君的，好像一副很有禮貌的小日本模樣，我操他娘的心眼才壞呢！」

「怎麼個壞法？」眾人好奇追問道。

「當時我和阿弦、還有大美女三人直搗黃龍，深入鬼娃子的老巢。不是我吹牛，我可是走在最前頭帶隊的。沒辦法啊！這是我母校、我地盤、我不入地獄，誰入地獄是吧？沒想到我們還沒走到她的破神社，她竟然就先放狗咬人！」

「狗？哪來的狗？王胖你又喝醉在那裡瞎說！」酒空吐槽笑道。

「哎呀！就說你們這幫鄉下土包子沒見過大世面，是一大群鬼子兵啊！這鬼娃子沒事招了一大隊日本幽靈兵，個個凶神惡煞提了刺刀就上，要把我們三個當生魚片料理！我王胖基於國仇家恨，見了這些鬼子兵正愁滿腔怒火無處發，當下以一擋百手到擒來，沒兩三下就空手奪白刃，手撕了好多鬼子兵！」

「有這種事？」酒空似乎很不給王胖面子，王胖呼了一聲：「別吵，你這酒鬼！我王胖打鬼的時候，你還不知道在哪裡醉得不醒人事呢！」

王胖喝了一口茶，一臉自娛自樂，像在回想那場戰事之慘烈，自己是多麼驍勇善戰，又噴沫說道：「雖然我沒兩下就解決了好幾個鬼子，但他們像螞蟻一樣不斷湧來。所謂擒賊先擒王，我王胖既是上將之才，怎能浪費力氣去跟這班小兵瞎攪和？於是一聲令下讓大美女去料理鬼子兵，我與阿弦則直攻神社虎穴，直取鬼娃性命！」

眾人一聽，驚呼一聲，就像茶館聽書的客倌，個個聽得入迷。

「那鬼娃子當然也是有備而來，早穿上一身武士盔甲，滿臉橫肉一嘴殺氣，坐在那等我們上門！」

「誒，滿臉橫肉我是見過，一嘴殺氣倒挺稀奇，真想見識見識！」酒空搔搔胳肢窩，眯著小眼說道。

「咳呀，就說你們這些肉眼凡胎哪裡曉得，這可是要有累世的修為，像我王胖這樣才瞧得見！先別說這了，你們可知道那武士一看到我！」王胖指指自己，接著高八度音說道：「就像看到命中註定的天敵，二話不說立刻起身，一步步向我走來呢！」

說到這，王胖頓了頓，擠眉弄眼顧盼自雄了一陣，然後繼續說道：「她全身穿著精鋼鑄造的盔甲，每走一步都發出哐啷哐啷的響聲。哐啷哐啷……哐啷哐啷……」王胖像個說書人，說到精彩處，不忘嘴上自備音效，來段臨場效果。

「**哐啷哐啷……哐啷哐啷**……對對對，就像現在這樣！」突然王胖兩眼圓睜，全身寒毛豎起，左瞄右看，抓著旁人問道：「喂，你們有沒有聽到什麼聲音？」

「什麼聲音？」旁人也好奇反問，並要王胖別岔題賣關子了，趕緊接著說下去。

「就是哐啷哐啷的聲音啊！好像從門外傳來……」王胖感覺這聲音越來越近，似乎就在不遠處，像有一個嗜殺好戰的幽靈武士，手提著刀走在滿地碎石的路上，全身盔甲都發出哐啷哐啷金屬撞擊聲，而且一步步越來越接近自己……

「哐啷哐啷……哐啷哐啷……」

他緊張地站起身盯著廟門外，全神貫注一動也不敢動，突然黑暗中一對血紅色的雙眼與他對視，跟著廟門口踏進一個身高八尺的日本武士，提著刀大喝道：「死胖子，我不是來找你的！我的大師父呢？」

說話的正是現武士身的不動琉璃子。王胖一見到「鬼仔神」，想到在神社一條小命幾乎休矣，嚇得他像是老鼠見到貓，巴不得躲到茶壺裡去……

「大師父，原來你在這！」忽然原本怒目嗜殺的武士，瞬間變成和服少女，一臉神色恭敬自肅說道。

人群中赤腳躺在長椅上的酒空回頭看著琉璃子，似乎早料到她會來，搖著蒲扇說道：「妳也總算玩夠回來了！有話我們等會兒再說，跟我走吧！」說罷，站起身，腳踏虛空往堂上而去……

其他眾人一見，也趕緊起身問道：「降龍尊者，您不聽王胖講古啦！」

「哎，沒事別聽他一肚子胡扯，你們趕快回去站崗吧！」現了濟公真身的降龍尊者，將蒲扇放在身後慢搖，低頭走沒幾步便散了蹤影……

眾天兵天將一看，知道今晚王胖的講古沒戲唱了，嚷著沒意思，沒聽到精彩處，但既然降龍尊者下了口諭，也只好一個一個倏忽消失，有的回到五營兵馬處，有的回到天庭述職，就只有王胖一臉大驚，才知今晚來聽他瞎扯淡的都不是一般人，甚至連壇上主神濟公師父都現了金身！一想到他剛剛有眼無珠，呼了自己的頂頭上司，這下事情大條，不知師父會讓他割舌頭還是灌口針，整個人癱軟在椅子上不知如何是好……

「不是要妳跟著阿弦修行濟世？怎麼沒多久就跑回來了？」琉璃子還沒開口，大師父先語帶責備問道。

琉璃子自從得降龍尊者開釋，讓她寄身於阿弦眼中，一方面協助阿弦降妖伏魔；一方面也是磨練琉璃子躁動的心性。琉璃子既感謝濟公禪師的法外開恩；也臣服於降龍羅漢的神通廣大，於是尊稱祂一聲「大師父」！

此時琉璃子一想到在頂樓所受的委屈，還沒開口已先淚眼撲簌了。當時她寄身在阿弦眼中，才一踏進房子就感應到有惡靈作祟，而且還有好多不友善的外靈群聚。當阿弦開小雨房間門的時候，一股強烈的怨氣驚動了她，讓她瞬間甦醒現身。因為對陌生環境的好奇，她穿牆到隔壁驢子房間去看看，一進去就看到一個被施法咒的結界，因此琉璃子瞬間變身成武士以保護自己。

那結界是一個陷阱，從外面看不出異樣，但裡面卻猶如一個封閉的抽屜，一個幻術營造的虛妄假象，只有牆上的小洞與外界相通，如果有人因為好奇窺視這個小洞，他的魂魄就會被吸進陷阱裡，而結界中原來的鬼靈便趁虛而入，附身在這個人身上，就像是抓交替一樣。

當時琉璃子一踏進結界，躲在房內的黑衣人見來了一個武士夜叉，當場嚇得腳底抹油奪牆而出，一溜煙跑到隔壁大勇房間去，琉璃子也像豹子見到獵物追了上去，這下如同連鎖反應，讓附身在阿本身上的大勇感受到威脅，因此反應也變得激烈了起來，才有後面阿弦試圖以「白鱗法索」將大勇打出來，然後小雨及時出手相救，並述說了他們的故事……

琉璃子本來急著要告訴阿弦，她在驢子房間看到的陷阱，結果還沒開口就被阿弦訓斥了一頓，一氣之下乾脆來個遠走高飛，畢竟她過往就有蹺家記錄，一個人在外面想去哪就去哪！

她在人世間遊蕩了好一陣子，沿途見到許多神與人之間，令她感到不解的事。有些人把神當作掌中木偶，動不動就神靈附體，假借神諭狐假虎威；而人又對這如同木偶的神像，頂禮膜拜，虔誠至極，但如果所求不遂，又隨時棄若敝屣。她不懂，到底是人受制於神；還是神受制於人？

以前她就不知道如何跟其他神相處，更不知道如何與人相處，她不懂，對於人也好，對於阿弦也好，為何大師父要她跟著這樣一個沒本事的人修行？她也不懂，對於神也好，對於自己也好，為何神這樣強大的靈體，還不能做到自由自在，還需要與人有所牽扯，甚至要幫忙處理人間的問題？她不懂……

沒有答案的胡思亂想；找不到去處的到處遊走，走著走著最後還是回到了最熟悉的家，這個稱她是「鬼仔神」的小村鎮。帶著滿腹疑惑，來到了濟公廟，見到了降龍尊者，這個世界上她覺得最有智慧、最能看透**人情世故**的神，她有許多問題想問，還沒開口，淚卻先流了……

「大師父……我……」

「妳是不明白為什麼我要妳跟著阿弦修行的道理吧！」濟公師父仰躺在自家廟簷，看著蒼穹的星斗說道。一旁的交趾陶福祿壽三仙翁，也好奇地微笑凝望……

「はい、私は理解していません！（是，我不明白）」一旁的琉璃子恭敬地站在飛龍盤桓的廟簷，就等大師父開示。

「琉璃子，我問妳，妳對人了解多少？」

「人間（にんげん）？」琉璃子用日語確認道。雖然她在台灣這麼久了，但有時遇到生氣的事，或心底受到委屈與產生疑惑時，還是會直覺地回到母語模式。

「哈哈哈……」濟公師父一陣爽朗的笑聲，繼續問道：「沒錯，由にんげん（人）組成的人間；也就是在人間的這群人，妳又對他們了解多少？」

「人啊……」琉璃子望著遠處的萬家燈火說道：「人很脆弱，不堪一擊，小小病痛就可以讓他們生不如死；人也很無知，像傻瓜一樣，不相信自己卻到處求神問卜，就算真跟他們說了，他們仍半信半疑寧可繼續求神問卜；人也很貪婪，總想不勞而獲，不然就是無法抗拒誘惑，永遠不知滿足；人也很殘忍，可以假藉任何理由，甚至不需理由就輕易把人給殺害！」琉璃子回想起在這個號稱「**最美的風景是人**」的小島上，沿途所見盡是一些光怪陸離的事，尤其當她帶著一顆疑惑的心，所見所聞更是讓她對人感到蔑視。

「這麼想想，人真是大笨蛋，人々は愚かです，這些人所在的人間跟地獄沒兩樣，應該一把火燒光才是……」琉璃子越說越氣，周身不動明火怒燒，又變身成憤怒的巨大武士，拔出滿是烈焰的武士刀，驚動廟簷的飛龍出逃，福祿壽三仙趕緊戴上墨鏡趨避……

「琉璃子、琉璃子……」濟公禪師輕聲叫喚，一副老神在在將雙手枕在後頭，面對人間的貪瞋痴慢疑，依舊不改癲狂本色，一派寬容與詼諧望著滿天星斗說道：

「琉璃子，人啊……就因為人是脆弱的，所以他的堅強才令人欽佩，才能被稱作是大丈夫！也因為他們生來無知，能開悟證得智慧，更顯艱難可貴，才能尊稱為智者！因為有著貪婪與欲求，帶著業障和習氣，來到這充滿誘惑的人世間，能在當下抗拒誘惑不為所動，那他就是羅漢！人也是殘忍嗜殺的，為了口腹之慾，每天一張口就是生靈塗炭，生處在這樣結怨四方的人世間，如果還能保有寬容與憐憫，並願意救助他人，那他不就是菩薩了嗎？」

琉璃子一聽，不思議地看著大師父。

「琉璃子啊！你知道人也有神通嗎？他們的神通，或許不像我們可以飛天遁地，可以幻化無形，但他們的神通卻有著無比巨大的力量，可以感動天上的諸佛，震動十方的鬼神。」

「神通？人的神通？」

「嗯，他們的神通，就是當下的心念！一個單親媽媽扶養的小孩，能脫離罪惡的淵藪及時回頭，沒有一步步錯下去，那就是神通！當毒品的誘惑擺在眼前，不屈服軟弱的意志，堅守正道不為所動，那就是神通！當邪魔諸鬼營造妖氛虛幻假象，能相信自己不起迷惑，那就是神通！當外道以刀劍相逼迷亂他的信仰，即使身中數刀仍不改對主神的虔信，那就是神通！」

大師父這樣一說，琉璃子瞬間想起了一個她認識的人，一個曾與自己為敵，身受不動明火灼傷，刀劍砍殺其身，威逼這人要「拜我、造廟、作我乩身」，即使最後因此倒在血泊中，睜著僅剩的一隻眼，嘴角卻仍驕傲上揚，不改其志，不為所動……

「振弦君……」琉璃子說道。

「哈哈哈，如果一個普通人，在當下起了如此堅定的心念，是有大堅心者，天地震動，諸佛菩薩十方相助，如此之人，妳還會覺得他是一個沒本事，不值得跟他修行的人嗎？」大師父對著蒼穹問道。

琉璃子看著星子閃爍的夜空，頓時天朗心明，突然一顆流星長夜疾逝，猶如無窮天問，一語道破……

「琉璃子，妳知道《西遊記》嗎？」

「《さいゆうき》？」琉璃子又像小孩子聽到有趣的事物般，興奮說道：「有，我有聽母娘跟我們說過，是齊天大聖孫悟空西天取經的故事。」

「哈哈哈，取經的是玄奘法師啦！妳知道西天之路千里迢迢，還要歷經九九八十一難，以孫行者的神通只要一張筋斗雲彈指可到，玄奘法師卻要一步一步才能走到。但是，如果沒有孫悟空，那唐三藏走八輩子也到不了西天去取經；如果沒有唐三藏，那就算孫悟空去了西天千百萬次也不算功德圓滿。所以修行不在神通，在妳所走的每一步。琉璃子，我這樣說，妳懂了嗎？」

「大師父，我懂了！」琉璃子又驚又喜說道：「所以意思是我是孫悟空，琉璃子跟美猴王一樣厲害，すごい！」

「哈哈哈，所以琉璃子妳在外面玩太久了，阿弦現在有難，妳該回去了！」

琉璃子一聽阿弦出事了，也著急起來，她知道那裡有一屋子不友善的鬼，而且隔壁房又有暗懷鬼胎的陷阱，當時她沒機會跟阿弦說……

「大師父，我現在就回去！」說罷正欲走時，突然濟公師父喊道：「哎，別急，琉璃子妳的神通功力還不夠，就讓我來送徒兒一程吧！」

躺在廟簷的濟公禪師喝了一口葫蘆裡的酒，仰頭一吐，夜空瞬間幻化出一條俊俏白龍。

「去吧，琉璃子！要像孫悟空一樣厲害，而且功德圓滿！」降龍尊者搖扇笑道。夜空中只見一個穿和服的少女，腳踏白龍，向遙遠天際飛去……

* * *

這一晚，阿泰和阿本聽到一聲像鞭炮的巨響，不約而同奪門而出，看隔壁到底發生什麼事了。

今晚似乎特別的不平靜，阿泰先是聽到偉哥的皮鞋聲響，心底埋怨這傢伙又回來了，沒想到隔沒多久，那個頭撞地後就行為怪異的靈異先生，竟然也走出303房進到偉哥房間，然後就聞到濃濃煙味，沒多久又聽到拖鞋聲，想是偉哥的狐群狗黨也來了，果然沒錯，接著就是打麻將嘩啦嘩啦的噪音，後來就傳出像爆炸的巨大槍響。

「學長，剛剛是槍聲嗎？」阿本一臉驚慌問道。

兩人站在走廊，看著門窗緊閉透著白燈的301房。「要不要打給房東啊？」阿泰一想到這房間出入份子複雜，不知報警會不會遭到報復，只好先打給房東大叔。

沒想到阿本手機一撥，301房內傳來電話鈴聲，他們大吃一驚：「難道房東就在裡面？」

「快……報警……」只聽裡面一個虛弱喘息的氣音說道，正是房東先生的聲音。嚇得他們立刻衝回房內將門鎖上，趕緊報警處理。

房內的阿弦一睜開眼，只見到中槍的刑警，嘴唇發白表情痛苦地癱在牆邊。再抬頭一看，偉哥正拿槍對著自己，他嚇了一跳以為還在幻境中沒有脫離。他之前聽小雨述說沈淪毒海的遭遇，就覺得這偉哥跟他以前在江湖走跳時，所認識的一個人很像。後來遭到奪舍暗算，讓他重回那段不堪的荒唐歲月，十多年前的往事像剛剛才發生。如今睜眼一看，偉哥站在自己跟前，更加確定就是同一人！

但阿弦再定神一看，他清楚看見偉哥後面有一團像人形的黑影。小雨曾說過偉哥有養小鬼，養小鬼的人身上都有股陰邪之氣，因為小鬼無時無刻都跟著他們，如果得不到供養就會反噬其主，所以養小鬼的人久了或多或少都會陽氣耗弱，再加上陰邪浸潤，更顯全身陰陽怪氣。

偉哥看驢子醒來了，但現在他已無暇他顧，剛剛聽到大叔叫外面的人報警，只怕一會兒警察就來，現在最重要的就是逃命要緊。生性謹慎的他，趕緊拿了包包把保險櫃裡的海洛因磚、手槍、還有些值錢東西帶走，他可沒笨到把毒品留給警方當證物。

他回頭瞄了驢子和大叔一眼，隨即要匆匆開門離開事發現場。大叔身受重傷自身難保；阿弦才剛從幻境回魂，而且腦袋還被槍托重擊，加上偉哥手上有槍，更不敢輕舉妄動。

這時偉哥轉開門把，卻發現門像鎖住一樣，怎麼轉也轉不開，氣急敗壞的他，掏槍就往門把上連開數槍，門把瞬間被打個稀巴爛。而就在他開槍之時，有陰陽眼的阿弦也看到偉哥身後，那一團黑影忽化作大頭鬼，拿起巨叉像子彈一樣，就往門板後插去。

一聲陰沈的慘叫從門後傳來，大頭鬼抽回來的巨叉上，插了一個男鬼，阿弦隨即明白剛剛門之所以打不開，就是因為有這隻鬼在作怪，看來他也不想讓偉哥一走了之。

大頭鬼在插了男鬼後，臉上的五六張嘴張口就要來咬，房中忽然傳來一個女鬼大叫：「驢子，不要！」隨即牆後衝出一隻年輕瘦弱的鬼影，像是老鼠要攻擊大象，朝著大頭鬼一陣揮拳猛打。大頭鬼見有鬼送上門來，脅下又生出兩三隻連著巨叉的手，沒兩下就把女鬼和瘦弱的男鬼一起插了過來。

阿弦認出那是小雨，還有她及時出手相救的大勇，而那個不讓偉哥逃走的男鬼看來就是驢子了。雖然阿弦才剛回魂全身還使不上力，也搞不清楚目前狀況，但他不能放任這三個靈體被生吞活吃。因此趕緊提振精神，用盡全力，手結法印，召喚「白鱗法索」相救。

空間中，白蓮娜的身影倏忽現形，她見情況危急，二話不說急急甩動雙鞭，那長鞭如刃，沒兩下就將大頭鬼的兩隻手臂給削斷，救了小雨和大勇。大頭鬼見手被削去兩隻，頓時大怒，又伸出兩隻連巨叉的手，向著白蓮娜插來。

就在靈界廝殺的片刻，偉哥轉身就要逃跑，忽然有人從後面抱住他，不讓他脫逃，而且用力咬住他拿槍的手，痛得他哀嚎慘叫，回頭一看，正是阿弦。

「驢子，你膽子肥啦！竟敢咬我！」偉哥怒道。

「什麼驢子！我是阿弦，你殺人還想逃？」阿弦見偉哥想趁亂逃脫，趕緊起身用盡全力撲向偉哥，他知道現在打不過偉哥，只好用咬的，不讓他有開槍機會。

偉哥被阿弦使勁一咬，痛得槍都掉到地上了，隨即兩人陷入一陣扭打。小鬼見主人有難，加上手被削去兩隻，一時怒火攻心轉眼就要來護主。白蓮娜也不是省油的燈，隨即揮動長鞭，當場再削去小鬼兩隻手臂。此時小鬼一陣刺耳的尖叫，低頭看還被插著的驢子，張嘴就要一口吃掉，以洩心頭之恨！

就在這十萬火急的瞬間，忽然白色的天花板頂，橫空躍出一個身穿鎧甲的戰國武士，大喝一聲：「斬る！」武士刀如閃電雷擊，剎那白光揮旋，她已斬下那小鬼首級……

「琉璃子！」阿弦大叫一聲，但一個沒留神，偉哥一拳揮來，阿弦就被撂倒在地。這下偉哥一不做二不休，回頭要拿槍幹掉阿弦，忽然沈重的槍像被隱形人踢飛，推到阿弦手邊。阿弦一把拿起槍對著偉哥，並注意到是一個全身穿黑衣的靈體，幫他把槍踢過來這邊。

原來踢槍的正是傳授驢子邪術的法師，他之前一直探頭默默觀察，眼見形勢對偉哥越來越不利，來幫阿弦的人越來越多，還一個比一個強，趕緊見風轉舵，用盡做鬼的所有靈力，使出最後臨門一腳，並表現出一副耗盡元神的虛弱模樣。

這下情勢逆轉，阿弦也終於稍稍鬆口氣，趕緊爬起身靠在牆邊，槍口指著偉哥，喘氣說道：「偉哥，結束了！」

「哼！」白蓮娜見阿弦這副虛弱模樣，想也知道之前發生了什麼事，沒好氣說道：

「阿弦，你看看你，就是沒把我的話聽進去，才落到這步田地。我不是跟你說過，你這陣子時運低，不可太輕信這一屋子裡的鬼！你看看，中招了吧！」

這話說得阿弦啞口無言，也只能緊握著槍裝作沒聽到。

「算了算了，反正我也不是你想等的人，說的話你也不愛聽！」說完，又看看琉璃子，似乎知道琉璃子有話要說。

「振弦君、せんぱい（前輩），」前一刻仍是一身鎧甲的琉璃子，瞬間變身成少女，一臉歉疚地低頭說道：「因為我的任性，這段時間給大家添麻煩了……」

阿弦也對自己說的重話感到過意不去，但此時還有偉哥與大叔等外人在，他們既看不到也聽不到其他靈體，他更不希望因為其他事分心了，因此只是對琉璃子點點頭，一切盡在不言中……

就在這時，外面的警笛聲漸漸由遠而近，看來警方知道這邊有臥底的自己人，趕緊加派員警荷槍實彈前來處理。

眼見大批警力就要上門圍捕攻堅，偉哥這老狐狸豈肯認栽，突然打開包包，這動作讓阿弦舉槍大喝：「幹什麼？不要動！」

「聽著，」偉哥說道：「我不管你是驢子還是阿弦，你聽我說，我這裡有市值好幾千萬的海洛因磚，還有鑽錶、現金，你看有台幣美金。只要你肯放我一馬，這些東西我全送給你！」

黑衣人一看到海洛因磚，立刻精神大作，趕緊向阿弦提議道：「師兄、師兄……」他知道阿弦也是同道中人，便稱兄道弟起來了。

「我說師兄，你千萬不可以相信這個奸人！他可賊了，除了這包以外，他在外面不知道還私藏多少海洛因磚，一定要他一一從實交代，坦白從寬，抗拒從嚴，千萬不可以心軟。我看這東西就先交給我看管，免得他又玩什麼花樣，使什麼詭計！」說罷，正要去拿時，忽然阿弦喊道：「別動！」

阿弦看那包包裡面有好幾大塊的海洛因磚，說道：「偉哥，你到現在還不明白嗎？你已經結束了，現在罪證確鑿，毒品、槍械、殺警，這每一條都是重罪！你後半生要在牢裡度過了！」

偉哥一聽阿弦口氣如此強硬，知道事情已沒有轉圜餘地，又聽樓梯間傳來大隊人馬的腳步聲，就在這內外交迫之際，忽然偉哥一陣放聲大笑，看著阿弦說道：「哈哈哈！驢子，你以為我這樣就結束了嗎？你以為我會這麼簡單就放過你嗎？」

阿弦瞪大了眼睛，一旁的驢子聽了，一股不祥的預感隱隱浮現……

忽然荷槍實彈的員警，壓低身子，提著盾牌在走廊外待命，就在這時，偉哥和所有員警見到了詭異的一幕，301房的門竟然自己開了。但看在阿弦眼裡，卻是心有不甘的驢子鬼魂，緩緩將門給打開，他巴不得外面的警察立刻衝進來逮捕偉哥。

但這個突如其來的動作，卻讓攻堅的員警覺得其中有鬼，深怕有詐不敢貿然前進，又退回到樓梯口，等候進一步的指示……

而阿泰和阿本一聽到警方前來，原本好奇地想偷窺張望，但一開門就被眼前強大警力給嚇傻，並被喝令待在房內不要出來。

房內阿弦見人命關天，豈能有一刻耽誤，趕緊開口說道：「裡面有你們的人受傷了，這裡已經被我控制住，你們趕快派人進來處理！」

「你是誰？請先表明身份，手上有沒有武器？你先高舉雙手出來！」外面帶頭的是負責這次緝毒行動的偵查隊副隊長李國鐵。

「不行！我不能走出來，我手上有槍，」

「**放下武器！**」阿弦話還沒說完，李國鐵大聲喝道。

「不行！我現在槍對著偉哥，怕他會耍花樣！你們的人受到槍傷，但不是我開的槍，他看起來很嚴重，趕快進來救他！」

「阿明，你現在情況如何？我要聽見你的聲音！」李國鐵長期偵查偉哥的案子，自然知道這臥底大叔的真實身份。

那個中彈的刑警，因為失血有一陣子了，連說話的力氣也沒有，靠在牆邊很痛苦地閉上眼睛……

「他快昏倒了……」阿弦叫道。

「你到底是誰？毒販蕭子偉目前狀況如何？我們現在要派一組人進去，如果你開槍我們會立刻反擊，當場將你擊斃！」李國鐵話才說完，偉哥忽然一臉詭異地陣陣發笑，那表情看了讓人不寒而慄。

房裡的笑聲也讓員警起了戒心，當下又裹足不前。忽然偉哥伸手掏進懷裡，這挑釁的動作，讓阿弦當場大喊：「不要動！」

外面的警察聽了頓時神經繃緊，個個緊握手中的槍，連大氣都不敢吸！

只有偉哥不把阿弦的話當一回事，伸手進懷裡掏出一塊陰牌。原來剛剛琉璃子一刀斬落小鬼首級後，阿弦與白蓮娜就見那無頭鬼，一溜煙地躲回這塊陰牌裡。此時偉哥把陰牌拿在手上，對著阿弦說道：「驢子，我不知道你是用什麼邪術回魂的；我也不知道你為何有本事可以殺了我養的小鬼！」

偉哥這樣一說，李國鐵也心底納悶道：「驢子？拿槍的人是驢子！驢子以前跟過蕭子偉，幾年前在泰國失蹤後就下落不明，怎麼現在又回來找上蕭子偉？難道是為了毒品利益，**黑吃黑**？」

又聽偉哥繼續說道：「我說過別以為我會這麼簡單就放過你！就算我下地獄，我也會做鬼來找你！」說完，他用力將手上的陰牌往牆上敲，壓克力殼瞬間碎裂，屍油都流了出來。然後他像剝雞蛋殼一樣，一邊陰沈地盯著阿弦，一邊把裡面的嬰骸一股腦吞下肚，只見他表情痛苦，面目猙獰，臉上粒粒是豆大的汗珠，就在阿弦與各方靈體一陣驚駭之時，忽然他像發狂的野獸，張牙舞爪往阿弦衝來，如利爪的手像是要奪槍，又像是要死掐阿弦性命……

就在這十萬火急的瞬間，阿弦準備扣下板機時，忽然琉璃子一個巨大黑影，舉起熊熊烈火的武士刀，一刀將偉哥從頭劈成兩半，偉哥頓時成燃燒的火球，轉眼間被大火吞噬。

外面準備攻堅的警隊從霧玻璃窗看見有人著火了，趕緊持盾牌衝進房間，並試著將火撲滅，但那火說也奇怪，怎麼打也打不散，火勢也不會蔓延開來。所有人一陣驚駭詫異中，只聽見偉哥毛骨悚然的大笑瞬間收束，一絲黑煙從火心中竄出，隨即鑽到那裝有海洛因磚的袋子裡……

火光消散後，令人想不到的是，地上竟沒有燃燒的痕跡，更沒有偉哥燒焦的屍體，像是變魔術一樣，偉哥的焦屍不見了。而更令阿弦想不到的是，隨即十幾把槍對著自己，喝令他放下槍，手放背後趴下……

「驢子？」李國鐵看著阿弦說道：「你不是驢子，你是尹振弦？」原來自從上次臥底大叔在走廊遇到阿弦後，因為阿弦有毒品案底，所以便把這條線索跟上頭回報，要清查阿弦與偉哥是否又搭上線。

被迫趴在地上的阿弦趕緊說道：「對，我不是驢子，這事可能不好解釋，但我什麼都沒做！」

「你現在是涉有重嫌的毒品與殺人嫌犯，有話跟我回局裡說，帶走！」隨即指示幹員將阿弦上銬帶走……

「你不能把我帶走，我不能離開這！偉哥還有可能在這房間，驢子會有危險……」

眾人聽他盡說一些莫名其妙的話，又見他死命反抗不肯配合，更加相信是這毒蟲毒癮發作，所以才會胡言亂語，做賊心虛……

琉璃子眼見阿弦有難，更明白是其他人冤枉他，滿肚子不平，隨時拔刀準備大幹一場，一旁白蓮娜趕緊阻止道：「人世有人世的規矩，人間的事就讓人去處理。妳忘啦，阿弦曾跟妳說過什麼？」

頓時，琉璃子想起阿弦在頂樓說過的話：「琉璃子，妳要學會控制妳的意念、力量還有情緒！」、「如果妳無法控制自己，我希望妳暫時不要現身；如果妳連自己都控制不住，那妳又有什麼能力去替天行道呢？」

這時，四五個警隊壯漢已架住阿弦，任憑阿弦又拉又扯，硬生生就把他拖下樓去。

李國鐵接著指示幾名下屬道：「去找鑑識科的來調查，還有調監視錄影記錄，到底蕭子偉是真的憑空消失，還是一開始就不在房裡，一切只是尹振弦的障眼法。檔案上說他後來去當**神棍**了，搞不好還真會一些江湖術士的旁門左道！」

阿弦在樓梯口一聽，趕緊大吼道：「別碰任何東西，偉哥一定還在房裡，他已經入魔了，相當危險……，還有……千萬不要相信你們所看到的……」阿弦話還沒說完，轉眼已被帶走。

＊　＊　＊

一間看似普通的偵訊室，四面都是白牆，天花板一台監視器，阿弦面前也架設一台手持式攝影機，對面則坐了兩名幹員，一個做筆錄，另一個則是偵查隊副隊長李國鐵。他們盯著電腦，上面有阿弦的案底記錄，只聽他嘖嘖說道：「尹振弦，之前你才因為販賣與持有毒品，並違反槍砲彈藥刀械管制條例，與違反組織犯罪條例，合併判處七年有期徒刑。出獄後怎麼還不學乖，最近的一次前科記錄是……盜墓？」

這樣一提，阿弦馬上想起那是之前剛出來時，被一個會茅山術的貴婦耍得團團轉的事……（詳見前作《鬼島故事集．靈異先生》）

「像你這種毒蟲我見多了，缺錢吸毒，毒癮一來什麼死人錢都敢拿！」

「哎，我說我已經戒了好多年，沒再碰毒了！」阿弦喊冤說道。

「誒，這種話我也聽多了，每個毒蟲每天都會發誓自己戒了好幾次，不用跟我演戲，等會看驗尿報告就知道。說吧！你去找蕭子偉有什麼目的？」

「哪有什麼目的！我根本不是去找他，我怎麼知道他會在那！我是受人委託去處理其他問題……」

「什麼問題？」

「這個……」阿弦一副欲言又止，吞吞吐吐說道：「你們相信……這個世上有鬼嗎？」

此話一出，兩個偵訊員警張大了眼，看著阿弦一臉不可思議的模樣。

「有一個大學生，就住在偉哥隔壁房間，他說他房間出了一點問題，也就是鬧鬼，所以找我來看看，不信你可以找他來問問……」

「鬧鬼？」李國鐵聽到這，先是一臉嚴肅地點點頭，像是遇到了什麼棘手的案子，忽然又大叫道：「這個有創意，這個梗其他人沒用過，你是第一個！哈哈哈……」一旁做筆錄的幹員，也跟著哈哈大笑。

「尹振弦，你看我臉上有寫『很好騙』三個字嗎？」他拍桌怒道：「還是當我很天真、沒常識？你去那房子，就算照你說的是去抓鬼好了，那也是六天前的事耶！有哪一個道士抓鬼，最後竟在那鬼屋住上六天？」

「什麼？我已經待在那有六天了！」阿弦大吃一驚，他一直以為自椅子上跌下來，從頭碰地到再睜開眼，也只不過是一眨眼的事，沒想到已經過了有六天。而且這麼看來，從阿弦在走廊遇見臥底的房東大叔開始，警方便佈下眼線觀察阿弦的進出記錄了。

「少跟我裝蒜！說！去找蕭子偉到底是什麼事？還有最後你把他藏到哪了？」

「我沒有藏他啊！」

「對，你沒有藏他，你燒他啊！」做筆錄的幹員附和道。

這下阿弦完全不知道該怎麼解釋了，難道要跟他們說：「這把火是琉璃子的不動明火，只是可能她功力還不夠，還不能控制力道，所以把偉哥的屍體給燒光了，但偉哥的陰魂還未散，自己就看見一道黑煙，從火心中竄出，所以最好讓他趕快回去處理……」這些話阿弦沒有說，因為他知道，只要這樣一講，不但要做毒癮鑑定，還要做精神鑑定了。

面對兩雙不懷好意的眼神盯著，他只好自圓其說道：「警官，你相信人體自燃嗎？」

「人體自燃！你是說人自己燒起來？我有聽過，Discovery 頻道也有播放過，太神奇了，太讓人不敢相信了，這件事竟然出現在我警界生涯，而且還從一個毒蟲口中講出來，更不可思議的是，這毒蟲還傻到以為我們會相信，腦袋真他媽的吸毒吸壞了！」兩個人像唱雙簧般，一搭一唱，讓阿弦看傻了眼。

最後李國鐵拍桌嗆道：「尹振弦，你最好乖乖跟我們警方合作，到時法官還能酌量判你刑期，要是再給我胡言亂語裝瘋賣傻，我保證讓你吃不完兜著走！」

「我是真的不知道最後偉哥燒去哪啊！」阿弦也求饒說道。

「你還敢說！這傢伙的驗尿報告出來了沒？錄影監視畫面呢？」李國鐵對著門外吼道。

之後偵訊室的門敲了兩響，一個穿制服的員警走進來，在副隊長耳邊報告了幾句，李國鐵一副「**你走著瞧！**」的眼神盯著阿弦，隨即甩門出去。

他來到另一間偵訊室，對正監看錄影畫面的指揮官說道：「相當狡猾！這嫌犯相當狡猾，不但給你答非所問，還裝神弄鬼！怎麼樣？房間的針孔攝影機有拍到什麼重要線索嗎？」

「嗯……你還是自己看吧！」接著指示下面的人，快轉播放今晚的錄影監視畫面。

螢幕中只見蕭子偉在23點52分回到他房間，接著打了一通手機叫房東大叔過來一趟。沒多久，尹振弦就來敲他房門，兩個人看似很平常地在抽煙閒聊，只聽尹振弦說他是驢子的表哥。

看到這，李國鐵**眉頭一皺**，發覺案情並不單純，喃喃自語道：「這尹振弦什麼時候成了驢子表哥？」

接著螢幕上尹振弦又開口跟蕭子偉要了一點藥，並詢問有沒有需要幫忙的地方。看到這，他咬牙切齒說道：「這毒蟲還敢鬼扯去抓鬼？根本是要跟藥頭拿藥嘛！」

然後兩人又閒聊一番，只是奇怪這時蕭子偉又問尹振弦叫什麼名字？這兩個人以前都是龍哥販毒集團同夥，怎麼蕭子偉在多年後還明知故問？而且似乎對尹振弦的身份很質疑的樣子。

接著臥底大叔依約前來，他一看到尹振弦也在房間裡，表情當下有些不自然。蕭子偉逮到這個機會，便問大叔是不是有認識……

猝然被這樣一問，大叔只怕洩了底，好在他隨機應變，說是獄友，多疑的蕭子偉才稍稍卸下心防。接著三人便打起麻將，但奇怪的是錄影畫面在他們打牌時，突然受到干擾，不時出現很嚴重的雜訊，問了資訊室的人也說無解，可能是有不明電波訊號進來……

然後就出現怪事了。

先是蕭子偉打開保險櫃，並在牌桌上弄了一劑海洛因針，看來是要給尹振弦解癮，只是他一直叫尹振弦……「驢子」？然後之前開口要藥的尹振弦，又一副抵死不施打海洛因的樣子，並跪在蕭子偉身前。忽然他用槍柄將尹振弦給打昏，並命令臥底大叔去給他注射。這種事臥底員警當然幹不下去，便趁隙和蕭子偉扭打起來，並在打鬥中受到槍擊。

蕭子偉見出人命了，趕緊將保險櫃裡的東西掃到包包裡，這時尹振弦突然醒了。就在蕭子偉準備閃人時，那扇門卻怎麼樣也打不開，於是他對門把連開數槍，同樣的，螢幕畫面這時又出現干擾訊號……

忽然尹振弦從背後抱住蕭子偉，看來是不讓他跑，於是兩人又扭打起來。打鬥過程中，蕭子偉掉了槍，但卻也漸佔上風，就在他準備撿槍幹掉尹振弦時，詭異的畫面出現了，那把槍竟然在沒有人碰觸的狀況下，瞬間移動到尹振弦身旁，少說移動了有一兩公尺遠，那絕不可能是風吹的……

「我剛剛是看到了什麼？」李國鐵驚道，並要求重播剛剛的畫面。

「更離奇的在後面……」只聽指揮官淡淡說道。

後來正如尹振弦說的，他持槍命令蕭子偉不要動，而蕭子偉則打算以包包裡的東西收買他，但他不為所動。這時門竟然自己開了，畫面中根本沒有人去動它，剛剛蕭子偉打不開的門就在警方來時自己開了……

所有人看到這，都覺得房中的空調似乎太冷了，一陣雞皮疙瘩竄起……

然後畫面中的蕭子偉突然像發瘋一樣，把掛在胸前的東西一口吃掉，接著就朝尹振弦的槍口衝來，就在這千鈞一髮的瞬間，忽然蕭子偉全身著火，而且是非常猛烈的火勢，痛得蕭子偉滿地打滾，但那大火卻沒有蔓延開來……

看著螢幕雜訊干擾與斷斷續續的火光，只聽李國鐵像中邪一般，喃喃自語道：「人體自燃了！還真的人體自燃耶……」

然後火光消散後，螢幕干擾也收止了，蕭子偉的焦屍卻不見了……

看到這所有人都是一陣靜默，幹警察這麼多年，不可能完全不信邪，也都相信這個世界上有一種看不見的力量存在。此時指揮官先開了口問道：「老鐵，這件事你怎麼看？」

「我們……我們……去問……尹振弦吧！那房間發生什麼事，只有他最清楚！」

就在兩位警官準備前來偵訊室時，正好那做筆錄的員警無聊問阿弦道：「喂，神棍！你說你去處理鬧鬼，那你有看過鬼嗎？鬼到底長什麼樣子？」

「鬼喔！我是看滿多的啦！現在這裡就有啊，你是不是強迫女生打過胎，而且還兩次？有兩個小孩，一個在這桌上爬，另一個在你肩膀上。」阿弦一說完，那員警面色發白，完全沒注意到兩位長官已走了進來。

「尹振弦……」李國鐵皺了眉頭，正要接著說下去時，忽然門外傳來匆忙的腳步聲，一個員警敲了門慌張喘氣說道：「報告，蕭子偉的案發現場出事了！」

一股恐怖的預感隨即降臨，指揮官當場說道：「我們走，趕快去看看！」李國鐵則看了阿弦一眼，神情驚惶說道：「你一起過來，這鬧鬼的事，只有你是專家……」

一路上，阿弦不斷回想，偉哥吃掉屍骸的畫面。他對東南亞的降頭術並不熟悉，也不明白偉哥這麼做的用意。

當時那小鬼被琉璃子一刀砍頭後，隨即一溜煙跑回偉哥的陰牌裡躲起來。偉哥一定知道他養的小鬼被砍頭了，加上大批警力的攻堅圍捕，在走投無路下他這樣像是自殺的舉動，難不成是犧牲自己，以續延小鬼的靈力，讓小鬼得已全身續命，繼續尋找下一個宿主？

一想到這，又想到那時偉哥瞪著他，兩眼陰邪說道：「驢子，你以為我這樣就結束了嗎？你以為我會這麼簡單就放過你嗎？」對照他後來瘋狂的舉動，只怕事情還沒結束……

深夜時分，警車來到這棟老舊公寓前，幾台救護車已在門口待命，傷患也陸續抬下樓來，李國鐵他們個個神情凝重，不知這段時間發生什麼慘事。

大門口已拉上黃色封鎖線，這條靠近大學的平靜巷弄，稍早前才傳出幾聲槍響，如今大半夜又有警車與救護車穿梭，每戶陽台站滿好奇圍觀的住戶議論紛紛，更令警方高層頭痛的是，想必不出幾分鐘後，消息靈通又嗜血如鯊的媒體必定聞風趕來，到時蕭子偉的事走漏風聲不說，只怕還有更大的風暴在後頭……

一行人二話不說先來到三樓的301房，這個他們剛剛順利攻堅的房間，此刻卻血跡斑斑，牆上數十發彈孔與一地空彈殼，幾名鑑識人員正採集任何可疑證物，然後三四名警員圍著一個瑟縮在地，面色慘白的年輕員警身旁，只見他兩眼無神，不斷喃喃自語：「學長瘋了、阿健學長瘋了……」

一聽到是阿健，李國鐵瞬間變得神情緊繃，搶到那員警面前問道：「發生什麼事了？阿健人呢？到底是誰開的槍？」

隨即一旁有員警報告事發經過，他是鑑識科老鳥，在剛剛的槍戰中受到些微輕傷，可說是完整目擊整件怪事的發生……

他說道：「我們在現場清查毒販蕭子偉的相關物證時，發現一包手提袋中有海洛因磚、一把槍、和大筆現金財物，於是我便指派阿健將裡面的東西作逐一清點，並對手提包做徹底檢查。後來阿健從手提包內側的拉鏈口袋，找到一個奇怪的東西。」

「奇怪的東西？那是什麼？」

「不知道，是一個透明的壓克力殼，大小跟玉佩差不多，裡面有一個用稻草紮的小人，浸在黃色像油的液體裡面。」

「那是他的陰牌！」門口一個聲音說道，眾人回頭一看，正是阿弦，旁邊跟了一個看管他的員警。

「那是偉哥用來操控下面的人，監控驢子一舉一動的泰國邪術！」阿弦之前曾聽小雨說過，偉哥帶驢子去泰國的遭遇，想來這也是偉哥的旁門左道之一。

在阿弦見到這房間滿目瘡痍的慘狀時，不禁擔心起驢子、小雨、大勇這些無主孤魂，不知有無受到入魔的偉哥波及？而這裡後來又發生什麼事了？但在他多次暗中召喚卻未有任何回應後，只怕凶多吉少，更加心急如焚……

「那後來呢？後來阿健又怎麼了？」李國鐵著急追問道。

「後來阿健把那陰牌拿在手上，我原先不以為意，沒想到過了幾分鐘後，先是小蔡發現阿健一動也不動站在那，低頭一直看著手上的陰牌。於是他叫了阿健一聲，阿健沒回應，他走過去想了解狀況，忽然阿健就把那陰牌戴在自己身上了。」在場幾名警界主管聽到這，都露出難以置信的神情。

「這當然違反我們警務人員的規定，我和同仁看到了，便要他把東西拿下來。沒想到他不但沒照做，還把原來從手提袋中拿出來的海洛因磚和現金，又全都掃回袋子裡，並拿出裡面的手槍！我立刻察覺事情不對勁，趕緊要他把包包放下！對他大叫：『阿健，你想幹嘛，沒聽到我說的嗎？』阿健慢慢抬起頭來，那眼神，我不會形容，但感覺像變了個人一樣……」

阿弦一聽，想到那火心竄出的黑煙，最後確實鑽到手提袋裡。難道是偉哥與小鬼不知用了什麼邪術，讓邪靈移轉到這塊陰牌上，好繼續尋找下一個人選做宿主？而那個人看來就是阿健了……

員警又繼續說道：「我看他好像沒聽到我說的，而且兩眼一直瞪著我，表情非常凶狠，便要小蔡呼叫警力支援。沒想到才這麼一說，阿健就像瘋了似地亂開槍！」

「大家趕緊臥倒找掩護，但還是有同仁被流彈所傷。而且我注意到，他開槍時完全沒在看，像是被人控制住，眼睛跟槍口不在一直線上，而且另一隻手還不斷隔空亂抓，不知是在抓什麼。直到無線電呼叫的警力趕來支援，聽到警笛聲響，他揹起包包便跑下樓，我也趕緊向局裡呼叫，緊急將傷患後送……」

兩位高階警官一聽到這，已是面如死灰，兩眼發白。先不說這條佈了多年的偵查線，在今晚突然被掀蓋砸鍋，臥底的警探也差點送了性命。沒想到接著又發生員警開槍傷人、搶奪嫌犯毒品證物並攜械逃亡，這起史無前例的滔天大罪。就算是身經百戰的指揮官，面對這亂成一鍋粥的情況也不知如何是好。

「這絕對不是阿健做的！」忽然李國鐵咆哮道，現場所有人都嚇了一跳。

「老鐵，我知道阿健是你妹夫，但發生這樣的事，你要我怎麼跟上級交代！你知道我們警方辦案，向來是依法行政，秉公處理，科學辦案！」

「隊長不是我徇私偏袒阿健，只是今晚發生太多詭異不合常理的事，錄影監控畫面你也看到了！那些……那些怪事，你又要怎麼向上級交代？」

「這……」指揮官一臉面色凝重，啞口無言。

「我看一定是阿健中邪了，對，**突然中邪了**，所以才會犯下這些違紀的事。對了，尹振弦……」李國鐵高聲叫道，原本在一旁看戲的阿弦，也像推入法場的死囚，被一旁的員警帶了上來。

「你不是說你是來抓鬼的，所以這房間裡一定有鬼吧！你是**捉鬼專家**，這件事因你而起，剛剛的事你也聽到了，你說阿建這樣子是不是中邪？是不是被鬼附身？哪一個正常人會突然發神經做出這些不合常理的事，除非是中邪，對不對？」李國鐵像連珠炮般地逼問，急著幫自己的妹夫脫罪。

阿弦也是看傻了眼，之前在偵訊室眼前這位警官壓根不相信自己所講的供詞，如今卻來個一百八十度大逆轉，一口咬定這裡確實有鬼，自己妹夫所犯下的滔天大罪，全部都是鬼所為！

頓時現場所有警方利眼，全都掃向阿弦身上，就看這位涉有重嫌的捉鬼專家，如何解釋今晚所發生的一連串怪事。

其實阿弦現在腦中仍是一片空白，當初他也是受阿泰委託，來看看這房間發生了什麼怪事，之後像是連鎖效應，引爆了後面一連串的靈異事件……

只是此刻他既無神通之術，對於偉哥之後發生的事，也還沒釐清來龍去脈，而且他不確定這兩位高階警官，到底有沒有把他說的話當一回事，只好兩手一攤說道：「為什麼會這樣，我也不是很明白。當初要我來抓的鬼，看來現在也不在了，可能已經跑了吧！但我可以確定，現在這裡沒有鬼……」

指揮官聽這無關痛癢的說詞，只覺得是這愛裝神弄鬼的毒蟲在耍他；李國鐵更是氣到想把阿弦撕成兩半，想到他之前滿口鬼話，現在卻講得啥事也沒發生過一樣。正要破口大罵時，忽然一個年輕員警來報告，說有媒體到現場了，問能不能上來拍幾張照片，想了解這起槍擊案的案發經過。

指揮官一聽，頭痛的事一波未平一波又起，現場什麼線索也沒有，又要如何向社會大眾交代，而且現在最大問題是，阿健帶著一大包毒品還有槍械逃亡不知去向，以他這樣亂開槍的瘋狂程度，難保不會有下一個無辜市民成為受害者，到時整起事件像滾雪球越演越烈，只怕自己的官位都不保……

眼見這位兩光捉鬼專家沒發揮什麼用處，他只好指示一旁看管的員警把阿弦帶回局裡繼續偵訊；並交代李國鐵這起案件他不得干涉，隨後便滿臉愁容下樓去應付比鬼更難纏的現場媒體。

隔天深夜，警方在查無阿弦具體犯罪事證，既無買賣毒品之實，也沒有殺人縱火的嫌疑，再加上錄影監視畫面還了他清白，因此他雖然仍是整起事件的涉案關係人，但最後還是無罪開釋，在深夜凌晨步出警局之外……

離開警局前，李國鐵揪著他的衣領說道：「尹振弦，你不要以為我會這麼放過你！我們佈偉哥這條線已經三四年了，結果全被你搞砸！現在阿健還下落不明，成了你的替死鬼，你還真是個帶衰的**掃把星**！我告訴你從現在起，你要小心了，我們會隨時監視你，注意你的一舉一動，只要被我們抓到一點點不法證據，我一定會再送你回牢裡！」

離開警局後，他又重回案發現場。自從發生了昨晚的事，有些受到驚嚇的房客仍不敢回去，像阿本連夜回老家收驚拜拜；阿泰則繼續以實驗室為家，整棟老屋可以說人去樓空，連大門都沒關上……

但黑暗中阿弦仍感覺有無數雙眼睛，正監視著自己的一舉一動。他來到了三樓，整層樓像廢墟一樣一片漆黑，他打開驢子的房門，開燈後，只見神明燈還在、那尊似笑非笑的菩薩還在、書桌電腦都還在，只是**深夜的作家**卻不在了……

他環視房間，然後說道：「出來吧！小雨、大勇，是我阿弦，我有話想問你們。」

過了一會兒，左牆一個朦朧穿透的纖細人影走了出來，是小雨；然後右牆也漸漸走出大勇的靈體，只是魂魄縹緲感覺很虛弱的樣子……

阿弦見到他們，也稍稍鬆了一口氣，但卻不見驢子靈體，不禁趕緊問道：「小雨，到底發生了什麼事？驢子呢？為什麼那晚我叫你們都不回應？」

「警察！那晚偉哥房中有太多警察，他們讓我們不敢靠近。」阿弦馬上想到人家說警徽與軍徽有避邪的作用，正直的警察身上甚至有百鬼避忌的**天罡正氣**。

「那後來發生了什麼事？為什麼那個叫阿健的警察會失控開槍，還有驢子呢？他去哪了？」阿弦急切問道。他想知道事發經過，雖然他在現場聽了刑警的說法，但他更想透過靈體所見，知道事情的真相。

「那晚，你被抓走後，幾名警察正清查偉哥的東西，那個法師，」

「法師？」阿弦疑道。

「就是那個踢槍給你，穿黑衣服的法師。他見偉哥被燒光了，小鬼被砍頭了，而你也被警察抓走了，高興得一直繞著有海洛因磚的包包打轉，想辦法要將毒品弄到手。

他看那個負責清查偉哥包包叫阿健的員警，剛好時運低的樣子，便把腦筋動到他身上，不知對他念什麼咒語，想附身在他身上，把海洛因給帶走。

驢子見狀也不想多問，因為他知道自己不是法師的對手，只要法師不來纏著他，就算現在又打回原形，奪舍不成也無所謂。

但就在那員警打開包包，將內側拉鍊拉開時，忽然伸出一隻巨大的黑手，瞬間把一旁的法師抓到口袋裡去。

驢子跟過法師一段時間，也聽說過一些法門，他知道口袋裡面一定有什麼可怕的東西，一旦你打開就是跟它達成協議。就像當時的奪舍，牆上的洞是你自願往裡面看，就會順勢被裡面的法術影響，被它給掌握。這口袋也一樣，你好奇去打開，就會順勢被裡面的東西所控制。

後來那個員警從包包中拿出一塊陰牌，驢子見了害怕極了，因為那正是偉哥之前要他戴上的，裡面養了一個小鬼，曾經也是偉哥的「腳」，最後卻被偉哥害死，偉哥還用他的屍油來餵養自己的嬰骸，那個他戴在身上的「古曼童」。後來這被害死的「腳」也成了偉哥的小鬼，跟著一起監視和控制驢子。因為驢子知道自己有一條魂就被這小鬼掐著，所以看到陰牌時，嚇得趕緊消失了……

那個員警拿陰牌在手上時，我看到陰牌變成偉哥的臉，嘴巴還念著跟法師一樣的咒語，後來員警就被施了咒，並將陰牌戴在身上，於是員警的頭也變成偉哥的頭，身體卻是他養的古曼童身體。那些警察只看到阿健瞪著他們，但我卻看到偉哥的頭轉了一圈，不斷在找驢子，口中咒罵說：『驢子，你給我出來，竟敢出賣我，我饒不了你！』那古曼童還開槍，偉哥看哪裡他就打哪裡，房裡也亂成一團，還傷了很多人。」

小雨這麼說時，阿弦想到聽現場員警說過：「阿健開槍時完全沒在看，像是被人控制住，眼睛跟槍口不在一直線上。」

那古曼童因為還不適應這副身體，所以動作看上去很笨拙，偉哥雖然可以讓陰牌裡的小鬼脫身去抓驢子，但他又信不過這曾經背叛他的得力助手，就在這時，陰牌裡另一個聲音說道：「偉哥你別生氣，我去幫你抓驢子過來，讓你痛快地折磨他。」說話的正是黑衣人。

偉哥確實想抓驢子洩恨，但又怕這狡猾的黑衣人跟著跑掉，於是便看到員警一邊亂開槍，一邊伸手抓住小鬼的腳，那小鬼的手再去抓黑衣人的腳，三個人拉長了身體一手抓一個，讓黑衣人穿過牆抓了驢子回來。

驢子當然是死命地反抗，他知道抓回去就永無超生之日，而且偉哥一定會對他日夜折磨，讓他求生不得求死不能。

因為我們也知道會這樣，所以見他被黑衣人抓住了，大勇和我趕緊合力抓住他，深怕已改過自新的驢子就這麼離開我們。但我們兩個人的力量哪敵得過他們三個人，眼看驢子就在混亂的槍林彈雨中，一步一步被拉向偉哥黑暗的深淵，我們更是說什麼都不肯放手。

這時驢子大叫一聲，叫我們趕緊放手，因為從偉哥上揚的嘴角中，他似乎預見了這場景的似曾相識。他不想再讓他的沈淪如同黑洞引力，將我和大勇一同拉進黑暗的深淵。

「小雨，大勇，你們快放手！你們是鬥不過他們的！快放手啊！」驢子急道。

「驢子……」我們同時大叫。

「你們聽我說，你們是還有機會的人，你們還有來生，一切都有機會重頭來過，所以我不能再害你們了，你們快放手，我不想看到我的好朋友受到跟我一樣的折磨，快放手啊！」

這時那小鬼已被收回陰牌裡，而法師也一步步被拉扯往後退，他為一口氣拉了三個替死鬼感到得意。忽然遠處傳來了警笛聲，偉哥知道他的時間不多了，更是用力將我們所有人拉進他陰牌中。

驢子眼見我們再不放手就要被拖進去，在最後一刻對我們說道：「小雨，大勇，對不起。這輩子遇到我，是我拖累了你們。謝謝你們陪我度過人生追逐夢想的時刻，永別了，我的好朋友！」說完，突然用力把我們推向牆邊，然後回身要去噬咬偉哥。

「想咬我？你別做夢了！」偉哥一手抓住驢子，轉眼就把他收入陰牌中，然後看著現場到處躲藏的警察，隨即帶著裝有海洛因磚的包包下樓去……

「所以驢子他……」聽完這個故事，阿弦驚道。

「他走了……又被偉哥帶走了……」小雨落淚說道。就在這一刻，小雨的魂體似乎更虛無更單薄，像是一盞將熄的孤燈，被吹散在無常的風中……

超渡的條件

那一晚，當阿弦拖著疲累的步伐走出那棟老舊公寓時，他的心情感覺特別沈重，尤其是想到驢子最後說的話，難道真的鬥不過他們了嗎？

他向來知道在處理人與鬼的事情上，永遠是糾纏不清也無法一刀切的。每一個徘徊人間的怨靈背後，都有一個錯綜複雜的故事，與人間維繫著千絲萬縷的因果關係。只是這一次的事件，讓他感到一種深陷流沙的無力感，偉哥就像那無底深淵，陷溺其中的驢子，即使最後想回頭，卻再也沒機會了……

他走在無人聲的幽暗長街，在經過一個停車場時，忽然背後傳來男人的皮鞋聲，那響亮的鞋跟，在寧靜的夜晚格外刺耳，讓他直覺這尾隨他的人，必定是來者不善。

「難道是那個被附身的警察，阿健？」阿弦心頭一驚，趕緊暗結手印，口誦真言，猛然回頭把手印打去！

「幹什麼？不要動！」暗夜中一個男人從懷中掏出槍，對著他說道。

他大概也被阿弦的大動作給嚇到，因此急忙拔槍護身。阿弦定神一看這方頭大臉濃眉大眼的男人，正是偵查隊副隊長李國鐵！

「哼！毒蟲，你重回現場是來找毒品嗎？還是想銷毀什麼罪證？」李國鐵說道，並一步步走近阿弦，指著停在一旁的車輛說道：「上車！」

「去哪？」

「別問這麼多！上車就對了！」他威脅道，並開了後座的門讓阿弦進去，自己也跟著上車。

一上了車，阿弦才發現前面駕駛座沒人，車裡只有他們兩個，此刻三更半夜又四下無人，一個警察拿槍對著自己，只怕今晚小命難保……

「我重看了那段錄影監視畫面不知有幾百次，也仔細看過你的偵訊筆錄，與毛髮尿液的驗毒報告，當然還有你的前科檔案。」他一上車就劈哩啪啦說道，但槍已經放下了。

「說這些是要告訴你，我是警察，我看過太多吸毒又戒不掉的人，從你的記錄看來，你是真的戒毒了！而我也是個長期站在犯罪第一線的警察，我看過太多難以解釋的現象，也相信冥冥之中自有報應，更相信舉頭三尺有神明！但是昨晚發生的事，如果不是你耍什麼江湖花招，那唯一能解釋的，就是我們集體撞邪了！」

阿弦一聽張大了眼，不明白他說這話的用意。

「我也不怕讓你知道，我叫李國鐵，是市刑大偵查隊副隊長，長期偵辦蕭子偉的跨國毒品案。那個阿健是我好朋友，也是我妹夫，雖然一個警察說這話很奇怪，但我知道他絕對不是那種會瘋狂開槍的人，一定是中邪或被鬼附身了。現在全台灣的警局已經對他發出通緝令，我想知道我要怎樣才能救他，趕在全台灣的警察抓到他之前。」

阿弦一聽，立刻明白李國鐵為何要在深夜跟蹤他，為何這事得私下在車上談的原因。

雖然之前在偵訊室兩人因立場對立，李國鐵壓根不相信阿弦所說的，但此刻阿弦見這人說話倒也直率，而且又相信這個世界上，還有一個看不到的世界存在，於是便將整件事的來龍去脈說了一通，也提到自己有陰陽眼，可以跟靈界溝通，並且娓娓道來小雨所看到那晚阿健發生的事……

李國鐵聽完，一臉不可思議地驚訝說道：「兄弟，如果你沒有唬我，那這是我這輩子聽過最邪門的事了。」

「我說的都是千真萬確，而且事到如今小雨和大勇自己都自身難保了，沒有必要再騙我這一次。」

李國鐵也明白，雖然警方一再強調科學辦案，但有時遇到案子卡關，還是不得不求助於靈界的力量，不能不信邪。

「好，我就相信你一次，那你告訴我，接下來我們該怎麼做才能救阿健，我先說我可不希望老妹年紀輕輕就守寡！」

「事情難就難在這，你有看過亡命之徒會愛惜搶奪來的車嗎？阿健對偉哥來說就只是個工具人，這段時間他一定物盡其用地在操阿健身體，餓了累了就施打毒品，如果身體出狀況了，那他再尋找下一個宿主，整天不睡覺地四處躲藏。」

「四處躲藏？他到底想幹嘛？不是已經帶走驢子了嗎？難道這樣還不夠？」

「不，對偉哥來說，他包包裡有的是錢、還有槍與毒品，他不缺這些東西。他是個狡猾多疑的人，一定知道全台灣的警察正在圍捕他，甚至以前幾個落腳處也都有警力監視，阿健的樣貌早被新聞播放出去了，所以變裝或改變外貌都是有可能的。」

「哈，阿弦你果然是當賊的料，滿了解警方的SOP嘛！」

「所以我猜偉哥應該還在附近，還跑不遠，畢竟附身後的身體就像穿了一件不合身的衣服，舉止動作都還不協調。所以要留意這區最近有沒有汽車失竊的報案，他要去的地方，離這裡還有一段路。」

「他是要去哪？」李國鐵急著問道。

「你想想看，他現在不缺錢不缺毒，什麼事是他最迫切緊急的？」

「什麼？」

「當然是他的孩子！他養的古曼童，被琉璃子砍了腦袋只剩下身體，功力也就大大減弱，所以他先用自己的頭接上去，再加上有那法師幫助，所以才能附身在阿健身上。但這畢竟不是長久之計，他一定會想方設法回泰國，去那道場找阿贊，治好他的小鬼。」

「泰國？所以他要偷渡出境！」

「嗯，沒錯，而且我猜就是走私毒品進來的水路，以前曾聽小雨說過偉哥曾要驢子去碼頭點貨。」

這樣一說，李國鐵馬上靈光一現，他偵辦這案子多年，偉哥的習性早摸得一清二楚。

「阿弦，這事我們一定要提早進行，並且絕對保密，我會找幾個信得過的兄弟在碼頭周圍佈下眼線，一有消息就馬上通知你！」

「好，李警官，這事要趕緊進行。雖然小鬼要附身在人身上沒這麼容易，但現在有一個為虎作倀的法師，再加上偉哥捉摸不定的性格，如果到時真換了下一個宿主，不但這條線索斷了，到時只怕你的妹妹真要守寡了！」

「呸呸呸！你這個衰尾道人，就不會說些好聽的嗎？」李國鐵罵道。

「我也是順你這個賊頭的話說而已，真是好心被雷親！」阿弦沒好氣回道。

兩人因為說話都草根直率，這樣一來一往互虧更覺意氣相投。這兩個過去立場對立的警察與罪犯，此時在心中都有一種找對人的鬆一口氣。

過去阿弦不喜歡跟警察打交道，如今李國鐵既然相信他所說的，當然也讓阿弦有一種被信任的理解。除此之外，他也知道若要單靠一人之力，不但很難找到阿健，到時也變成間接與警方為敵。如今有警力做後盾，更覺像是吃了顆定心丸，霎時之前的沈重感消滅了，他在心底對著驢子握拳說道：「驢子相信我，我一定鬥得過他們！」

接下來幾天，阿弦都在等李警官的消息，除了枯等以外，他還有另一件重要的事要做……

那晚他和小雨、大勇的靈體分別後，當時他已看出他們的魂魄非常虛弱。他們本來就是孤魂野鬼，當初家人來招魂時，可能是法師科儀不全、或回家路上被煞沖散、或公媽牌位不接納他們、甚至是執念太深一直被困在這等因素，總之招魂往往也需要天時、地利、人和三者缺一不可。

他們因為一直被困在這，又無香火供養祭拜，也沒因緣聽經領受佛法，如果遇到時運低磁場近的人，自然會來依附纏身。有時是想多吸納點陽氣，以延續陰魂；有時是希望這人能幫他們的忙，完成他們倒懸的心願，像是阿本與阿泰遇到的狀況。

所以當阿弦看到小雨和大勇飄散不定的靈體，便知道他們是招魂不全的孤魂野鬼，後來又為拉回驢子，與法師小鬼古曼童的拉扯拼搏中，自是耗費不少陰魂元神，更顯幽魂的虛無縹緲，輕飄如風……

阿弦雖然想幫他們超渡西方，但無奈陽世有陽世的律法、陰間有陰間的規矩、超渡也有**超渡的條件**。超渡的條件就是要放下，心無罣礙，怨念解消，因緣具足，圓滿成就，到時以無量壽佛之力，離苦得樂超渡至西方彼岸。

所以超渡的條件，完全是在人的心念，在於你放下沒有？但小雨和大勇還沒有放下，他們還掛念著驢子，尤其是在驢子的魂魄被偉哥收走以後，那一種揪心沈重的痛，繼續纏繞在迷茫單薄的幽魂中，所以他們很難超渡，也不想被超渡……

但繼續放任他們在人間東飄西蕩，任由魂魄日以繼夜耗損也不是正道。於是阿弦在那一晚問他們：「如果你們還放不下，不願這樣一走了之，要繼續在人間，那也不是沒有辦法，但就是要修行，跟著神明修行。這道理跟人間一樣，要生活要吃飯那就要去工作去賺錢，不想工作就會成為無業遊民，在社會上被人趕來趕去。做鬼也一樣，沒有依託之所，沒有跟著修行的主神，那就是孤魂野鬼，下場只會比無業遊民更慘……」

小雨和大勇也做鬼一段時間了，知道不管到哪裡都有各自的規矩，人間是個人吃人的社會，做了鬼在陰間也還是個鬼吃鬼的世界，這個規矩已運行千年，業力流轉誰也改變不了。

他們低頭不語，只聽阿弦繼續說道：「這樣吧！你們有沒有信奉的境主尊王，或是家中常拜的主神，覺得與自己特別親近有緣的神明。我去幫你們問問看，看祂們願不願收留你們，成為祂的門下部眾，跟著祂修行。」

大勇是個宅男，對宗教信仰並沒有偏好，頂多只是跟著家中長輩拜拜而已。至於小雨，她想了想，想到自己家鄉附近有一間大廟，小時候常跟阿嬤一起去拜拜，所以對這尊神明特別親切，於是小聲說道：「阿弦，如果你不嫌麻煩的話，可不可以幫我問問看**媽祖娘娘**，願不願意收留我們……」

「媽祖娘娘嗎？好，我問問看，但不一定會成喔，這是要先跟你們說的！」阿弦沉吟了一會兒說道。

有的時候大廟主神願不願意收留孤魂野鬼，這真的很難講！有些神明覺得孤魂野鬼怨氣太重，不是很喜歡他們；有些神明原則分明，覺得孤魂野鬼就當交由陰曹處置，豈可破壞行規；也有些小廟主神香火稀微，自己的兵將都快養不起了，哪有餘力再招募外眾；再加上小雨大勇，一個是玩音樂的女主唱；一個是耳朵重聽的宅男，那些驍勇善戰的五營兵將一聽，直覺就是不能幹活的老弱婦孺，更是直接就打槍。當然阿弦也知道小雨與大勇特立獨行的個性，生怕他們到新環境被老兵排擠，所以更是格外慎選各大境主的地方風評與帶兵風格，希望為他們找個好出路，相對也讓這事變得困難許多……

於是白天的時候，阿弦就去參拜各大天后宮，徵詢主神收留他們的意願；到了夜晚帶著上好線香來到驢子房中，一方面讓小雨和大勇安定陰魂增益元神；一方面也跟他們閒聊，讓他們不致胡思亂想，繼續陷溺在負面情緒的漩渦中。

就在幾晚的閒聊中，小雨和大勇漸漸卸下對阿弦的心防，真心相信這人是來幫助他們的。有一晚，阿弦坐在書桌前，將腳翹在桌上，看著以前驢子的電腦，他對電腦與網路一竅不通，很好奇之前大勇是怎麼透過電腦，找到驢子死後寫的作品，進而確定那就是驢子。

「ＩＰ位址。」大勇說道：「這就像是每台電腦的住址，還有ＰＴＴ的代號也看得出來。」

「代號？代號是什麼？」

「就是登錄PTT的英文。驢子生前的代號是bd，死後的代號的db，只是反過來，所以我知道那一定是他。」

「bd和db？」

「嗯。」大勇一臉認真說道：「『bd』的意思，在他生前曾開玩笑跟我說，這是女人內衣的樣子。後來我才知道『bd』就是believe dream，相信夢想的字頭。」

「那『db』的意思是？」

「當時我曾丟水球問他，其實那時他已經死了，而且不回任何人的水球，但那時他只簡單回我一句『dead body』。」

阿弦一聽，驚道：「所以這個在網路上寫鬼故事的字怨者，他並沒有騙那些看他小說的自願者們，他很誠實地告訴大家，他就是『dead body』！」

「後來在我們都死後，」一旁的小雨接著說道：「驢子曾經問我『db』兩個字母，像不像隻被折翼的蝴蝶，『**失翼蝴蝶**』也許是我們最好的寫照，有美麗的夢想與才華，卻怎麼飛都飛不上天空去！」

阿弦雖然沒看過驢子的小說，但想到驢子寫的鬼故事能有這麼大的吸引力，讓讀者每晚追文，連不愛看書的阿娟都看得津津有味，更可以想見驢子確實是一個很會說故事的創作者，是一個有才華的人。

這時小雨不禁問道：「阿弦，驢子真的救得回來嗎？偉哥真的會放過他嗎？他會不會又像以前一樣沈淪到毒海裡了？」

「不會的！」阿弦堅定說道：「驢子已經戒毒了，是一個有毅力而且堅守本心的人，只要有改過的心就不會再墮落！我們一定可以救他回來的，一定可以……」雖然阿弦嘴上這麼說，但其實他已多次招驢子的魂未果，這一刻只怕凶多吉少，魂飛魄散了……

隔天，阿弦再繼續參拜各地天后宮的行程，跑了一整天結果都是「笑筊」或「陰筊」，看來收留他們的事沒那麼容易。

這時夕陽西下，他來到一個靠海的小鎮，忽然看見「**海安宮天上聖母**」的路牌，他順著路牌指引，最後竟然迷了路，剛好路旁涼亭有正在走棋的老阿伯，其中一個一對白眉毛超長，另一個兩耳內也長出一大撮白毛，兩人正專注下棋，完全沒發現阿弦走到身旁。

「歹勢！阿伯，借問一下海安宮安怎走？」

老人連頭都沒抬，只在棋盤上比了一個「兵」說道：「你今嘛在這，過橋了後直直駛，過路口了後正手彎，擱再反手彎就到了！」

「好，多謝！」阿弦致謝完便上了車。只聽沈浸在棋盤的老人，對另一個說道：「哈哈，我的『兵』這步按捏行，看安怎救你的『馬』！」

過沒多久，阿弦果然找到了「海安宮」，遠見廟宇恢宏崇峻，華麗中不失肅穆，頗有正神靈威。廟埕中一些小孩正遊戲嬉笑，廟門口坐了三五老人開講閒聊，看來這「海安宮」是小鎮很祥和的信仰中心。

阿弦穿過三川門來到正殿，見堂上主神媽祖娘娘一臉慈眉善目，靈氣環繞，更覺空間中彷若有神靈，連右眼封印的琉璃子都有所感應。

此時阿弦恭敬地上三柱香並說明來意，之後在廟中駐足一會兒，待天后的部將對小雨與大勇，進行明察暗訪調閱生死簿後，再擲筊向天后敬問。果然，非常順利地得到三個「聖筊」！

阿弦便上前跟廟公說明，這事雖然離奇，但廟公想既然已取得媽祖娘娘的同意，也就不多說什麼，只說「海安宮」明日一早有神明出巡，如果你要辦這事，最好在今晚就辦，而且趁人少的時候比較好，總之就是盡量低調。

當晚阿弦帶著兩把黑傘回到驢子房間，然後跟小雨和大勇說了這件事。對他們來說，雖然日後有了修行處固然高興，但轉眼要離開這他們生死交關的房間，終究還是有些不捨，尤其現在心有掛念，總覺得再圓滿的事也有缺憾……

大勇看了一眼驢子的電腦，這個沈默內向的男生，在走進撐開的黑傘前，突然轉頭向阿弦微笑道謝：「謝謝你幫我們這個忙，謝謝……」隨後便消失了。

至於小雨則對阿弦說：「我想再回房間看最後一眼！」

她打開燈，回到熟悉的房間，心底自語道：「這房間陪我度過許多日子，有好的，也有不好的；有開心的，也有那些不堪的。做鬼離不開的時候，總想著哪天可以重見天日，沒想到真有這麼一天了，心底還是會不捨……」隨後她抬頭看那牆上的圓洞，那一個亮著光的洞口，曾經讓她倍感安心，感覺創作路上並不孤獨；也曾經是個引信，和手上的繩圈一同結束在深夜十二點的同心圓……

這時阿弦撐開黑傘，看著牆上亮著光的洞口，忽然隔壁的燈熄滅，阿弦知道小雨的魂魄進傘裡了。他用紅線綁住兩把傘的開口，引著兩柱香上車，趕緊驅車前往「海安宮」。

到時，「海安宮」的兩扇大門已然闔上，側門走出一個穿唐衫的人，正是廟公。他來到車旁對阿弦問道：「他們呢？」

「收在傘裡了！」阿弦拿出傘，還有寫有兩人姓名與生卒年月時的紅紙。

「好，黑傘不能進正殿，你只能送他們到這，剩下就交給我吧！他們還需要經過一些儀式才算清淨！」

此時阿弦突然有些牽掛與不捨，雖然和小雨大勇的緣分很淺，只有這幾日的相處，但覺得他們都是不錯的人，只是被牽引進黑暗的社會深淵……

「廟公，多謝你的幫忙啦！失禮，算我厚話，我牽的這兩位魂，其中男的有點重聽，可能要多叫他幾次名才會聽到……」

「你說的我攏哉啦！」廟公戴起老花眼鏡看著紅紙說道。

「你已經哉啊？」

「彼兩位攏已經佮我講啊，當然哉囉！」廟公指著大門說道。

阿弦抬頭看去，只見三川門下的兩扇門前，站著兩個大巨人，一位眼大若鐘，一位耳大如扇。阿弦嚇了一跳，趕緊再定神一看，卻是兩個一般身高的老人，一個白眉毛超長，另一個兩耳內也長出一大撮白毛，正是那天走棋的兩位老阿伯，對著阿弦一臉和藹微笑。

阿弦抓頭想想，剛剛大概是看錯了，又驚疑道：「難道那是琉璃子所見！」就在這時，忽然手機響了，正是李國鐵的來電……

電話那一頭，他激動又難掩興奮說道：「阿弦，你現在人在哪？還真是被你料中，今晚有個宅配業者來報案，說他的車子被偷了。我就覺得奇怪，宅配的車子不好銷贓又容易被抓，誰會這麼做？結果從沿路監視器拍到，竊賊最後將車子開到碼頭，我直覺就想到你上次說的，已經循線找到這部車，也問到一些有趣的事。你現在趕快來碼頭跟我會合！」知道事態緊急，阿弦趕緊開車來到李國鐵所說的位置。

深夜的港灣數艘鋼鐵巨輪停泊，一部眼熟的小轎車停在一旁，相形之下更顯渺小。這時李國鐵拉下窗示意阿弦上車再說。

「我已經問到了！」一上車，李國鐵邊留意四周，邊說道：「眼前這艘貨輪會去泰國，而且我確定蕭子偉一定在船上，因為船上有他以前走私毒品的貨櫃，估計也可能有其他黨羽，只是不知道多少人？」

「那我們這邊有幾個人？」阿弦趕緊打探問道。

「就我們兩個，還有一把槍！」李國鐵掏出槍應道。

「什麼？就這樣！」阿弦現在手無寸鐵，一聽之下更是緊張。

「當然啊！我說過了，這事千萬要低調，而且要在警方趕到前進行。阿健可是我妹夫，人多嘴雜再要有個擦槍走火，我怎麼回去跟老妹交代！」

話雖沒錯，但阿弦知道現在要面對的，是有著重裝武力與走火入魔的亡命之徒，雖說那古曼童被砍了頭，功力大為減弱，但有那法師與小鬼為虎作悵，加上押著驢子魂魄作要脅，誰也說不準如果狗急跳牆，偉哥會做出什麼瘋狂舉動來。以我方這樣單薄的火力來看，無異是開車要跟貨輪對撞。

「好了，把握時間！我們趕緊去船上把阿健給找出來。」李警官催促道，並把槍收在腰際，隨後轉過頭意味深長地看著阿弦，說道：「到時我也想見識你的火力，我說過了，我相信你沒有唬我，也相信你所說的靈異力量，所以在**捉鬼抓妖**這檔事上，你應該也要有兩下子吧！」

兩人趁深夜四下無人時，偷偷上了這艘正在作業中的貨輪。

要在一艘巨大的輪船上，找出一個刻意躲藏的人，無異比大海撈針還難上加難。因此他們上船後，李國鐵對阿弦說道：「我們分頭進行，你找船頭，我搜船尾，逐層逐層地找，有異狀隨時打我手機，還有千萬不要打草驚蛇，我怕那些船員會報警，到時可就麻煩了！」阿弦明白他的難處，當然也只能苦笑配合。

隨後兩人便分頭進行，阿弦越找越了解這貨輪還真是他媽的大，只怕偉哥沒找到自己先迷路了。於是便召喚不動琉璃子現身。

琉璃子自從上次的惱怒暴走，與經由濟公師父開示後，對神人之間的關係，也有了新的體悟與感應。她正試著學習控制自己的力量、意念與情緒，但她畢竟還是個孩子，宇宙間還有無窮無盡的智慧，等待她去明瞭徹悟。

「ああ……振弦君，うみですね！」看到大海，琉璃子興奮叫道。

「我們在船上啊！」阿弦說道：「琉璃子，妳可以感應出那小鬼在哪嗎？」

「小鬼？被琉璃子砍頭的小鬼嗎？不是跑回牌子裡了……」

「對！但是現在這小鬼又附身在別人身上，我們要把他找出來，免得他再去害人。」

那晚阿弦被警察帶走後，白蓮娜見危機解除便先走一步，琉璃子也收攝回阿弦眼珠，所以後面的事也就一無所悉。

「嗚……」一聲如雷的汽笛轟鳴，驚動琉璃子瞬間變身，提刀喝道：「どんな音（什麼聲音）？」

「是汽笛，船要開的信號，我們沒多少時間了，要快點把小鬼給找出來，不然到了海上我可飛不回去！」

阿弦這麼一說，只見穿著一身鎧甲的琉璃子，把手伸進具足的兜裡，拿出竹蜻蜓給阿弦說道：「你可以用這個！」

隨後阿弦繼續在船頭逐層搜索，琉璃子早不知去向，她沒見過黑船，自是樂得在這貨輪上四處飛奔穿梭。

忽然幾聲刺耳的槍響，劃破寧靜的海上。阿弦大驚：「是槍聲！難道是偉哥？」

他趕緊往槍聲所在的船尾奔去，一路上驚惶不定，難道是琉璃子發現小鬼了！剛剛的槍聲，是偉哥在走投無路下掏槍自殺？又或是火氣上來的琉璃子，以不動明火向對方砍去。他知道這火非同小可，之前偉哥就是被燒到屍骨無存，問題是現在是阿健的身體，這樣一燒他要如何向李警官交代……

就在趕到船尾時，又傳來幾聲槍響，一些船員也紛紛探頭查看，所有人都是一陣慌亂。他先找掩護慢慢接近現場，看到開槍的是一個沒見過的男人，正與李國鐵駁火。

阿弦在船舷旁遠遠喊道：「李警官，開槍的是誰？」

「是蕭子偉以前的同夥，我和他撞個正著，他以為我是來緝毒的，便先對我開槍！」李國鐵回道，並不忘對其他船員喊道：「我是警察，你們船上有毒品通緝犯，沒事的人不要出來！」

船長一聽船上發生狀況了，趕緊報警，並將船再開回港口。

這時槍戰未歇，那男人又開了幾槍，便匆匆往船艙去，李國鐵當然是追了上去，阿弦正要趕過去時，忽然琉璃子現身說道：「振弦君！我找到那小鬼了！」

「在哪裡？」

「你跟我來！」琉璃子說道。

阿弦沒見過阿健，所以船員中不知誰是誰，但他遠遠就看到有個人不太對勁，兩頰凹陷，雙眼上翻，面色慘白又古怪。阿弦再定神一看，果然這人身體外罩著一層黑影，而且一看到阿弦，隨即露出陰邪又凶惡的神情……

「偉哥！」阿弦先叫道。

那人隨即轉身快走，阿弦立馬跟了上去，忽然偉哥回身開了一槍，好在他不協調的動作，這一槍並沒有打中。阿弦只怕他再耍陰招，立即召喚「白鱗法索」來助陣，一個箭步追了上去，一路追一路打，要把阿健一肚子裡的妖魔鬼怪都給打出來。偉哥的小鬼知道這法索的厲害，也只能東閃西躲並不斷回頭開槍，頓時整艘船上除槍響大作外，船員還聽見長鞭舞動的霹啪聲響，卻不見打法印的阿弦手上有任何東西⋯⋯

李國鐵這邊他與幾名船員合力抓到那人後當場上了銬，聽到又有槍聲，只怕還有其他共犯，也趕緊跟了過來。貨輪上其他孔武有力的船員，知道今晚船上有毒品通緝犯，也改操起各式器械傢伙，要把這一票販毒集團繩之以法，於是一夥人四面八方圍來，偉哥最後也被逼到船舷旁。

「阿弦，」是阿健的聲音，但他手握著槍，指著自己的腦袋說道：「大家何必苦苦相逼，你放我們父子一條生路，我也放這人一條生路！」

「驢子的魂魄呢？把他交出來！」

「阿健！」李國鐵也趕來，一看到阿健兩眼無神舉止怪異，當場舉槍罵道：「蕭子偉，你把阿健怎麼了，還不快滾出他的身體！」

「李警官，是你啊！開槍啊！最好一槍把我給斃了，反正身體不是我的，打死我也無所謂！」說完放下槍，向前走了幾步。

阿弦知道偉哥說到做到，之前就是以自殺的手段逼自己開槍。於是決定不跟他硬碰硬，開口說道：「偉哥，我們不逼你！我只問驢子呢？你把他怎麼了？」

「哼，你倒是挺關心那畜生的！放心，他的陰魂我還掐著，背叛我的人，不會讓他這麼好過！」說完，偉哥取下戴著的陰牌，拿在手上陰陰冷笑。

一旁的琉璃子聽偉哥這麼說，更是心頭火起，她剛剛已極度忍耐，在找到那小鬼時沒殺了他，而是先跑來告訴阿弦，讓阿弦去處理。如今這人得寸進尺，忍無可忍的她頓時拔出烈焰長刀，全身不動明火怒燒。

那小鬼之前吃過琉璃子一刀，對那熊熊烈焰餘悸猶存，如今感應到不動明火進逼，全身也驚怖莫名，顫抖不已……

「阿弦叫你的小鬼不要過來，不然我開槍把腦袋轟了！」偉哥此時已是半人半魔狀態，所以看得見琉璃子，更當那是阿弦養的小鬼。

李國鐵和船員見阿弦身旁一個人也沒有，不知這毒販為何會這樣說，難道是吸毒吸到產生幻覺了？

「偉哥，不要再一步步錯下去了！你把陰牌給我，離開這個人的身體，黃泉路上我會幫你超渡，請鬼卒多多關照。如果仍執迷不悟殺了這個人，不用我說你也明白，你在陽世犯的罪孽，到了地府必有你和你兒子要受的！」

阿弦知道偉哥幹什麼骯髒事都不經自己手，雖然販毒害人亦是惡業，但與之相比，殺人的罪孽更是業障深重。

「阿弦，幾年沒見，說話像個小道士一樣了，難道忘了你以前在龍哥那，幹的壞事也不少嗎？」

「個人造業個人擔，我以前造的業，現在的我已經在承受了！」阿弦應道。

這時，他手上揚起「白鱗法索」呼呼作響；一旁的琉璃子也橫刀在前，蓄勢待發。眼看這艘貨輪已慢慢航向港口，岸上有幾部警車待命，燈光閃爍。走投無路的偉哥，看著手上的陰牌，突然冷笑說道：「阿弦，我們來賭一把如何？」

「賭一把？」

只見偉哥一手將陰牌伸出船舷外；一手將槍口抵住自己的太陽穴。

「這牌裡有驢子的陰魂，槍口對著的是這人性命。如果你只有一次機會，你是要救人，還是救鬼？」

「蕭子偉，你幹什麼？快把槍放下！」李國鐵喝道。而圍觀眾人聽不懂偉哥說的，見他手勢怪異，完全不明白偉哥真正的意圖，都當他是瘋了。

「嘿嘿嘿，阿弦，敢不敢賭這一把？我們來賭，是你的手快，還是槍的子彈快？」

阿弦看著偉哥，從他的冷笑中，瞬間明白他心底的真正意圖……

偉哥還想逃！他想故技重施，再逃進陰牌裡，但他不想陰牌落入阿弦手中，寧可陰牌落入海底，在入海前讓自己和小鬼鑽入陰牌中。至於最後開這槍殺了阿健，純粹是要拖延阿弦插手的時間，順便拉個替死鬼當墊背。

「來吧！你已經上賭桌了，而且只有一次機會！」說完，偉哥拿陰牌的手突然放開，另一隻手扣板機的同時，阿弦大叫一聲：「琉璃子！」

說時遲那時快，琉璃子瞬間一刀把槍劈成兩半，又控制力道緊急收煞，不讓刀鋒削斷阿健臂膀，眾人只見阿健耳邊一團驚人爆炸，阿弦卻瞥見一道黑影急急從阿健身後飛出。「白鱗法索！」他趕緊甩鞭牢牢纏住黑影，接著琉璃子凌空躍出船舷，一道像閃電的烈焰，一刀將黑影燒殺，瞬間火光四起，無數道魂飛魄散的鬼影，在暗夜中如散滅的鬼火，等待他們的是從地獄伸出的冰冷鬼手，在怒海上為搶食而激起層層驚濤駭浪……

趕到船舷的阿弦，望著被夜色籠罩的海面，無情白浪一波波湧來，他知道那塊有著驢子魂魄的陰牌，又直墜入無盡的黑暗深淵……

幾週後，阿娟接到國中死黨聚餐的邀請，這些同學後來有的在大學服務，或另一半在大學任教，因此地點就選在學校餐廳，阿娟當然是拉著阿弦一起去。

阿弦沒念過大學，高中肄業混跡江湖，進了地方堂口殺人吸毒樣樣都來，代價就是被人刨去一眼、重判七年有期徒刑、在勒戒所痛苦地戒毒、無緣見上母親最後一面。阿弦說的「我以前造的業，現在的我已經在承受了！」對他來說，有深刻的體悟。

所以他這個滿身瘡疤與刺青的更生人，在這所培育菁英的學術殿堂，顯得有些格格不入，那一種男女朋友在湖畔手牽手的小確幸；在榕樹下進行社團活動的熱血青春，這一切對他來說，比妖魔鬼怪營造的幻境還虛幻……

＊　＊　＊

到了餐廳，幾個姐妹淘帶著老公與男友，坐定之後不免彼此介紹一番。有的現在是講師、有的是助理教授，或做博士後研究。在這所以理工見長的大學，話題也帶了些學術味，聊開之後有的誇另一半是「光電專家」；有的說這篇論文出去後就成了「電磁學專家」。他們也好奇阿娟身旁的男人，打量問道：「阿娟，你男朋友是什麼專家？」

「對啊！阿弦，你是什麼專家？」阿娟跟著打趣問道。

阿弦想了想，想到那個偵查隊副隊長說的，當場應道：「我是捉鬼專家！」

眾人一聽，先是滿臉疑惑，接著各個捧腹大笑，那個「光電專家」更笑說：「你這行絕對有前途，不止前途無量，簡直是功德無量！」

後來，他們幾個專家聊的話題畢竟跟阿弦隔了好幾座山，於是他便一個人到樓下抽菸。就在一樓大廳，忽然有人叫住了他：「**靈異先生！**」回頭一看正是阿泰。只見他熱情招呼道：「你怎麼會來我們學校？」並不忘跟身旁的人介紹道：「老師，這就是那位專家，您介紹幫我處理那件事的大師！」

阿泰身旁的人，正是他的指導教授，光電所的李所長。他一見到阿弦，很誠摯地對阿弦說道：「雷蒙，不，現在應該叫做門勢大師，有跟我提起過你，也曾說到那飯店發生的事，那真是一段不可思議的遭遇！」（詳見前作《鬼島故事集．湖濱大飯店》）

隨後他們就在樓下咖啡廳聊了起來，在那之前由於對阿泰的關心，李教授已大概得知整件事的來龍去脈，所以也間接聽聞小雨述說的故事，後來阿弦也說到攻堅後發生的事。說完之後，三人對於驢子沒能順利救回來都感到唏噓不已……

「靈異先生，整件事讓我感到困惑不解的，是驢子如何利用網路上的故事，達到你說的攝人精魂？這種物質能量的轉換，實在超乎常人的理解，與違背任何科學的解釋……」阿泰以前也是驢子的忠實讀者，那時看完故事後真的會感到很沒精神，因為是自己經歷過的事，所以好奇問道。

「這應該也是那法師傳授給他的『攝魂導引術』，才能起到這樣的作用。老實說，這法門我也不是很清楚。在中國古代的道術，不管是名門正派還是旁門左道，確實流傳很多現在看來視為迷信，或是怪力亂神的法術竅門，也因此有很多都失傳了，或是改變原有的面貌去適應新時代，就算說了一般人也未必會相信……」阿弦有些無奈說道。

「也不完全是怪力亂神喔！」這時，一直在一旁仔細聆聽的藹藹學者說道：「就如同我說過的，這個世界的所有現象，可不是用科學分析與經驗法則就能完全理解的。在我們目前所能觸及的領域裡，確實還存在著我們所未知的神秘世界，也許真有些人能觸及那個領域，並看見遠超乎我們所能想像的景象。就拿你們剛剛提到『攝魂導引』這件事，我就認為是有可能的。」

阿泰與阿弦兩人一聽，都露出了不敢置信的神情。只聽李教授繼續說道：「大概在十多年前，當時整個學術的研究風氣還很保守，對岸在特異功能的研究上已取得了一些成果，但在台灣卻還沒有人涉及到這一塊。第一個以科學研究方法進入這領域的是台大電機系的李嗣涔教授。

那時，在他多次的實驗與不斷地反覆驗證後，他對於『信息場』這樣一個更高層次的世界，很快有了驚人的發現。當時他找來一些學齡兒童，先經由簡單的調息靜坐法門，開發這群實驗對象另一種潛藏的功能，接著發現這些小朋友竟然可以在遮蔽的情況下，透過耳朵或手指，打開腦海中的螢幕，進而辨識出紙上所寫的數字、圖畫、文字甚至是顏色。這就是『手指識字』的能力，也就是說我們人體在辨認這個世界，不一定得完全依賴眼睛，當眼睛的功能被遮蔽後，如果透過正確的導引，是可以藉由人其他部位的接觸，做到跟眼睛一樣的功能。」

阿弦和阿泰兩人聽得嘖嘖稱奇，尤其阿弦過去處理靈擾問題時，確實遇過這類的狀況，但他也只有實務經驗，卻說不出所以然來。

「更奇特的事還在後頭，」教授繼續說道：「在上千次成果驚人的試驗後，有一天李教授找了更多不同領域的學者，有心理系、物理系等專家，當年我亦有幸參與其中，見證『信息場』的存在。當時有一位同步輻射中心的陳教授，當場在實驗中提出，有沒有讓受試者試過宗教性字眼。

這樣一提出並在試驗後發現，那些在完全不知情的狀況下，接受實驗的小朋友，據他們表示，在腦海中有些看到很亮的光；有些看到光中站著一個微笑的人；有些看到一個遍地光彩的世界。他們打開紙條一看，原來是『佛』字。

之後的實驗，不管是用了其他宗教字眼，例如：佛、菩薩、濟公、上帝、耶穌等，或是用藏文、英文等不同語言來表達，只要你的筆畫拼音正確，那些受試的小朋友所看到的都是異象。也就是說那些文字，是一個連結、網址、與頻道，可以透過文字，直接與更高層次的世界做接觸。甚至根據一些小朋友表示，在測試之時，發光體竟然還會出現在我們空間四周。」

聽到這，阿弦馬上想起一些符咒的作用，符籙、真言、法印，都具有連結的功能，就像輸入正確的網址即可連結到不同頁面，進而獲得不同的作用與力量。而這種力量的強弱，決定於個人功力的修為，就像同一個「佛」字，有的只看見光、有的看見人、有的看見佛國法界。

「所以文字就是種媒介，」李教授繼續說道：「我們可以藉由文字連結異象。那反過來說，這樣的連結也有可能是雙向作用。祂們是不是也可以透過文字反過來影響我們？甚至如果輸入的是魔、鬼、撒旦等邪惡字眼，是不是也會召喚來祂們，並起到不好的作用，就像你們剛剛說的『攝魂導引術』那樣。」

聽李教授這麼說，阿泰對原本看似天方夜譚的道術，似乎也有它的道理與邏輯。尤其是像網路這種真真假假，介於虛擬與真實的介面，我們在使用網路與人互動時，又怎麼知道電腦的另一端就是真實存在的人呢？

這時樓上的那位「光電專家」剛好下樓講手機，結果遠遠看到阿弦竟跟自己所上的大老闆聊得興高采烈，李所長似乎很專注地聆聽阿弦說話，並不時點頭贊同，這一幕讓他大感詫異。

最後，天色暗了。阿娟的同學會也將要散會，阿弦重回樓上，那個「光電專家」趕忙再問：「你跟我們所長好像很熟，您……到底從事哪方面研究？」

「啊就抓鬼收妖念經超渡的捉鬼專家啊！」阿弦說道。

又過了幾天，因為這段巧遇，讓阿弦掛念起那一個沒救回來的驢子。他重回那棟老舊公寓，只見工人忙進忙出，門前的貨車上載了好幾台冷氣，一個阿婆巡前巡後，正是這棟出租套房的房東。

她一看到阿弦，趕緊把他攔下說道：「少年仔，你來熊嘟好！你不是欲看厝，說要三樓，我今嘛三樓有四間空房，看你愛兜幾間，慶菜揀啦！」

阿弦笑了笑問道：「啊妳是在裝冷氣喔？」

「對啦！我三樓有幾間房攏裝潢好勢啊，擱牽冷氣，你看攏是新的，你先來看就先揀，阿若無到時是找嘸房間喔！」

阿弦心想，大概是之前偉哥在房間亂開槍，連門都被他打爛了，然後警方見偉哥這線索斷了，自然也不再續租整排三樓。現在三樓整個清空，想必附近一定有些閒言閒語，逼得房東阿婆又是重新裝潢又是裝新冷氣，就怕租不出去。但阿弦知道會讓她更怕的，恐怕還有一件事……

「阿婆，我聽我朋友說，你的房間有出過代誌喔！」阿弦試探問道。

阿婆臉色一驚，急忙否認：「啥代誌？你麥黑白聽人講，我這房間攏是新的捏，哪有啥咪代誌？」

「阿婆，我實在佮你講啦！我就是在專門處理這的專家，嘸我來看麥，佮你幾間房做清淨，你講好無？」

阿婆想了想，開口問道：「要錢無？」

「免！攏免錢，一先錢攏免，算我佮你倒貼！」

「咁有架好的代誌？哪有可能？」阿婆向來節儉又吝嗇，就算有房租可收，也還兼做資源回收。她不相信這世上有「免錢」兩個字，但如果真遇到了，這便宜不佔對不起自己！

「妳免驚啦！真正免錢！因為我卡早有一個朋友住在這，伊有交代我來佮她處理！伊就住在三樓第二間……」

「好好好，我帶你來……」一提到三樓第二間以前小雨的房間，阿婆嚇得滿口答應，急著要帶阿弦上去。

阿弦一走進公寓，隨即感應到還有些靈體逗留，他跟著阿婆上到三樓卻又繼續往上走，阿婆驚道：「不是來看三樓，出代誌的房間是在這……」

「不對喔！現在三樓還擱清氣。問題是出在樓頂，阿婆妳是不是撿足多神明返來拜，我佮妳講，**按捏毋湯**，會出代誌，裡面攏是孤魂野鬼！」

阿婆一聽，嚇得實話實說自己確實有撿一些神像回來，因為之前三樓那個女鬼太兇了，誰又知道神像裡面竟然也有鬼！也不知道那女鬼現在還在不在，如果阿弦有辦法，就連同這些神像一起處理吧！

於是阿弦便獨自上到頂樓，那些原本寄居神像肚裡的浪遊鬼魅，在阿弦上來前，早料到今日租約就要到期，有高人要來收拾他們，紛紛嚇得奪神像而出，所以在阿弦上來後，那些神像肚內一個鬼也沒有。

阿弦做了簡單的儀式，確認每一尊神像都沒有神靈在後，便將所有落難神像打包進黑色塑膠袋內，用紅色尼龍繩綁好，準備晚點一起帶走處理。

整個弄完，天色已接近下午，這時阿婆上來整理她的瓶瓶罐罐，並好奇阿弦事情處理得怎麼樣。阿弦說都已經弄乾淨了，也交代她別再撿神像回來拜。這時阿弦想再去三樓房間看看，當他打開驢子房門時，只見電腦還在，神桌還在，那尊似笑非笑的白瓷菩薩也還在。

阿婆笑笑解釋道，因為搬不動神桌，所以就放著；這尊菩薩也跟著放著；電腦想說可以留給下一個房客用，所以還是放著。

阿弦聽了皺皺眉頭，想把菩薩像一起帶走，但阿婆卻捨不得，覺得這尊菩薩「足水耶」，直說不然不拜放頂樓就好。幾經討價還價，阿弦也只好妥協依她。倒是電腦，阿弦很堅持絕對不能留，這以前是驢子用過的東西，驢子也曾用它來吸人精魂，就像殺過人的凶器，留著也是有害。但生性節儉的阿婆，總想著電腦是很貴的東西，就這樣丟掉太可惜了，於是便跟阿弦說不然先幫我放頂樓那鐵皮屋裡，之後她再賣給收破銅爛鐵的，其實心底是想著以後要留給孫子用。

就這樣阿弦又充當臨時搬運工，幫阿婆把驢子房內的東西全搬上去，最後只剩下木床和書桌，忙了一整天，阿弦也累了，倒頭便在那張木床上呼呼大睡。

迷迷矇矇的睡夢中，他做了一個奇怪的夢，夢中他來到一個海灘，現場人很多，各種奇形怪狀的人都有，有的打扮成蝦兵蟹將，有的像是海龍王，猶如一場變裝盛會，不知是舉辦什麼熱鬧慶典。最前方是一個主舞台，放著動感的搖滾樂，有人在現場演唱。

阿弦走近舞台，上面有幾個大字「**媽祖海洋音樂祭**」。主唱是一個打扮入時、年輕充滿活力的女歌手，她的歌聲響亮高亢，像可以穿破雲霄，直達海洋深處，台下所有人都跟著節奏搖頭晃腦，當然也包括阿弦在內。

他再看那女歌手，竟覺得有些似曾相識，忽然猛然想起：「那不就是小雨嗎？」現在的她更丰采亮眼，也看起來更快樂了。眼神中透露出逐夢的美好，就像驢子說的，她的歌聲可以帶給人力量與勇氣。

一想到驢子，阿弦心中為之一沉。這時，忽然背後有人拍他，像遇到老朋友般上前打招呼道：「阿弦！」

阿弦一回頭，一看是大勇。

「大勇？你怎麼在這邊？」阿弦又驚又喜道。

「今天是一年一度的『海洋音樂祭』啊！我來看小雨表演。」大勇手拿著飲料，穿著花襯衫和海灘褲說道。

「果然台上是小雨！」阿弦真心為小雨感到高興，也訝異大勇的改變。他變得更開朗，也更有自信了，並且在幾句閒聊後，阿弦突然發現，在這麼大聲喧鬧的演唱會現場，原本重聽的大勇，耳力竟然像正常人，甚至比正常人更好，阿弦不用大吼，沒戴助聽器的他也能聽得一清二楚。

「大勇，你的助聽器呢？」阿弦問道。

「我的重聽好了，順風耳將軍治好我的耳朵！我現在是將軍的傳令兵。」大勇開心說道。

阿弦也為他感到高興，他們又聊了幾句，但阿弦始終掛記著驢子，想到之前他曾信誓旦旦跟他們說：「驢子一定救得回來！」結果……

就在他決定要跟大勇說驢子的事情時，忽然幾個像同梯的人來找大勇玩，大勇也對阿弦招呼道：「靈異先生，我們等一會兒再聊！」正要走時，忽然又轉身笑容滿面地對阿弦說道：「謝謝你幫我們這個忙，真的謝謝……」

隨後阿弦一個人在這熱鬧擁擠的海灘閒逛，因為一個人都不認識，反而讓他感到寂寞無聊。他來到沙灘，只見幾把大洋傘，幾張沙灘椅，三三兩兩的人正在太陽底下做日光浴，其中一個人用一本書蓋住臉，在陽傘下酣睡。阿弦並沒有太在意，欣賞完海景正要走時，忽然斜眼瞄到那本書，封面是一道黑牆，牆上有一個充滿光的圓洞，這畫面讓阿弦感到非常地熟悉，他再看看那書名《字願者》，作者是bd……

幾年後的某一個冬夜，那棟老舊公寓三樓的某個房客，有一晚要把衣服拿去頂樓洗，這時他發現平常深鎖幽暗的鐵皮屋竟然透著亮光，他從門縫往裡面看，只見是一台電腦螢幕，而畫面上出現的，竟然是PTT的媽佛版……

〈字怨者〉全文完

後記

字怨者，自願者……

一個昏昏欲睡的下午，講台上的老師滔滔不絕，底下學生個個點頭如搗蒜，有些還打起陣陣鼾鳴。突然，老師說起她最近聽到一件超恐怖的事，頓時所有人精神大振，全神貫注聽她說社區發生的一起燒炭自殺案，因為久沒人發現，遺體長滿了蛆，最後全變成蒼蠅，而且還多到把窗戶整片覆蓋。她那時就覺得奇怪，為什麼對面的人，要用黑紙蓋住整扇窗？

沒想到事隔多年，當時午後課堂上的奇譚，竟成為我小說中的一扇窗景，也就是說，我書裡所寫大勇自殺的故事，確實真有其人，而我也成了小說中的「**字怨者**」……

《鬼島故事集》第四部——「字怨者」，以阿弦幫人處理出租房鬧鬼的事件為主線，並帶出之前房客沈淪毒海的經過，再以阿弦的吸毒經歷為支線，最後兩條線在偉哥身上交會，並交待故事中人後面的發展為結束。

其實這部小說的構思很早，在我寫「鬼仔神」前半部時就開始醞釀了。後來又受到Ptt marvel板上「**通靈王大戰**」的啟發，所以便設定了阿泰與阿本兩個不同類型的鄉民。我創作這個故事的靈感，來自於一個假設，我們每天隔著網路看別人的故事，怎麼知道網路的另一端是人是鬼？如果鬼也會上媽佛版寫故事，那目的是什麼，是單純想爆紅拚人氣？還是別有目的要吸人氣？一開始這樣的胡思亂想，整條故事的主線就拋出去了……

至於為什麼會加進「毒品」這個元素，純粹是很天外飛來一筆，大概是某天寫小說寫到ㄎㄧㄤ掉了，但沒想到在作品染毒之後，那種被毒品吞噬其中的無法自拔，伴隨某種無形、巨大、虛幻與迷惘的異色絕望，反而讓故事陷溺進更深沉的人鬼幽怨……

我一直對毒品的世界感興趣，我很好奇那個「癮」是怎麼回事？其實我們每個人都有某種「心癮」，也都是「**自願者**」！驢子的癮是毒品，鄉民的癮是上網，在心中最隱晦的角落，每個人都有一個不大不小，可說不可說的幽微癮頭，在蠢蠢欲動。而無論是吸毒也好上網也好，都是出於個人自願，無人脅迫；既然是出於自願，當然也就自願受它控制，任憑它擺佈。

除了「自願者」的寓意外，「字怨者」這故事多少也有些自況的隱喻。作為像驢子的文字工作者，或是像小雨這樣的音樂創作人，在現實生活中可以說是踏上一條崎嶇的不歸路。雖然逐夢是偉大的，但現實卻是殘酷的，每個逐夢者眼前都有一扇綺麗的美好窗景，但他們卻是走在試煉的鋼索上，腳下的每一步都是深不見底的社會淵藪。所以這部小說也是系列作中較偏社會寫實面，而這樣的黑暗深淵不在網路的虛擬世界，就真實存在你我生活之中……

也因為有著自況的寓意，所以創造出另一種閱讀的趣味感（或是說恐怖感）。正如沒見過「飲馬人」的你，怎麼確定網路的另一端，埋首寫鬼故事的我，不是從另一個世界而來？相信各位不管是看到阿弦對阿娟的鬼扯，或是讀到所謂「攝魂導引術」時，心底應該都曾浮現這樣的想法：「現在正在看小說的我，**精魂會不會也被吸走了？**」

最後，感謝 ptt marvel 前板主 **FairyBomb**，與「一線三的日常」作者**一線三**，以站在網路與社會第一線的身份為這故事寫推薦序，還有長期在網路上創作故事的「字怨者們」：你好，我是接體員／**大師兄**、占卜筆記／**未落柳絮**、玫瑰色鬼室友／**林曠流**、乩身／**星子**、老梅謠／**芙蘿**、見鬼的法醫事件簿／**蜂蜜醬**、死亡樹海／**路邊攤**、妖怪收容所／**逢時**、邊緣記者事件簿／**劉虛壹**、營長的除靈方法／**陸坡**、我是死神，我有著一份世上最爛的差事／**曉鳴**、供奉系列／**貓頭鷹 skyowl**（以上依姓名筆畫序排列），為這本書聯名作推薦，在此致上我最由衷的感謝！

飲馬人　寫於二〇一九年　農曆七月

國家圖書館出版品預行編目(CIP)資料

字怨者／飲馬人著 .-- 初版 .-- 臺北市：
找到田出版，2019.11
面；　公分 .--（鬼島故事集）
ISBN 978-986-98371-0-1（平裝）

863.57　　108017089

鬼島故事集・字怨者

作　　者	飲馬人
主　　編	鄭　瞬
內頁排版	喬拉拉・多福羅賓
出 版 商	找到田出版有限公司
發 行 人	鄭村男
台北聯絡處	台北市松山區復興北路 223 號 14 樓之 3
電　　話	(02) 2716-4025
高雄聯絡處	高雄市楠梓區盛昌街 306 號 9 樓之 2
電　　話	0958135853
總 經 銷	黎銘圖書有限公司
地　　址	新北市新莊區五工五路 2 號
電　　話	(02) 8990-2588
印　　刷	微商彩藝有限公司
初　　版	2019 年 11 月
I S B N	978-986-98371-0-1
定　　價	NT$ 280